弱さのちから

若松英輔

亜紀書房

弱さのちから

若松英輔

目次

3

わたしは自分の弱さを誇ることにします。
……わたしは、弱っている時こそ、強いからです。

「コリントの人々への第二の手紙」
12・9－10
『新約聖書』
フランシスコ会聖書研究所訳注

はじめに

ここに収められた文章は、いくつかの共通点がある。

一つ目は、いわゆるコロナ禍において書かれたものであること。二つ目は、「弱さ」とそれに呼応するいくつかの問題をめぐって書かれていること。三つ目は、この時期に本にすることを目指して書かれたものではなかった、ということだ。

しかし、振り返ってみれば、今を逃してはかたちにするのも難しいようにも感じられ、世に送り出すことにした。

したがって、本文中に「この数週間」(「弱い自分」)とあるのは、緊急事態宣言が発せられる以前からを含めた、もっとも緊張感が高かった時期のことになる。

時期や時間を表す言葉は、あまり大きくは手を入れていない。直してしまうと、そのときにしか書けなかった何かもまた、消えていくようにも思われたのである。

書名にある「弱さのちから」とは、「弱さ」のなかにも少しはちからが残っている、ということを指すのではない。「弱さ」から生まれるちからこそ、世を根底から変えるはたらきを秘めている不思議を表現してみたかった。

私たちは、強くあるために勇気を振り絞ろうとする。だが、残念ながら、そうやって強がろうとしても勇気は湧いてこない。それは自分の「弱さ」と向き合いつつ、大切な人のことを思ったとき、どこからか湧出《ゆうしゅつ》してくる。

先行きが見えない日々、私は幾度かミヒャエル・エンデの『モモ』（大島かおり訳）にある一節を想い出していた。

モモは脅威となっている「灰色の男たち」から逃れようとする。だがふと、これまで「逃げまわったのは、じぶんの身の安全をはかってのことで」あり、また「じぶんのよるべないさびしさや、じぶんの不安のことだけで頭をいっぱいにしてきた」ことにも気が付く。あまりに利己的であることに気が付いた途端、どこからともなくモモにまったく違う現実を照らし出す光が訪れる。本当に危険が迫っているのは、自分だけでなく、仲間たちであることをまざまざと感じ始める。そうした場面で、この物語の読者は次のような言葉に出会う。

> そこまで考えてきたとき、モモはきゅうにじぶんのなかにふしぎな変化《へんか》がおこったのを感じました。不安《ふあん》と心ぼそさがはげしくなってその極《きょく》にたっしたとき、その感情《かんじょう》はとつぜんに正反対《せいはんたい》のものに変《か》わってしまったのです。不安は消えました。勇気《ゆうき》と自信《じしん》がみなぎり、この世のどんなおそろしいものがあいてでも負けるものか、という気もちになりました。というよりはむしろ、じぶんにどんなことがふりかかろうと、そんなことはちっとも気にかからなくなったのです。

ここに描かれている出来事こそ、「弱さのちから」にほかならない。ある人たちはそれを「愛」「慈悲」あるいは「利他」という言葉で呼ぶこともある。

1

天耳《てんに》

啼《な》く鳥の　声に慣れた
わたしの耳は
音も立てずに　哭《な》く人たちの
声にならない声を
聞きとれて　いるだろうか

波の動きで　海を確かめる
わたしの目は
誰もいない場所で　ひとり
ひざをかかえ　呻《うめ》く者たちの姿を
見過ごさずに　いるのだろうか

弱い自分

もっと時間があれば、本を読むこともできるのに。そう感じることは幾度もあった。もっと時間があれば、やりたい仕事もできるのに。そんなことを心のなかで何度つぶやいたか分からない。

この数週間は、これまでと比べることができないくらいに時間がある。だが、これまでのようには本を読むことも、文章を書くこともできない。

理由は、はっきりしている。落ち着かないのだ。これまで経験したことがない自然の脅威にさらされ、どうなるのか明日が分からない不安におびえている自分がいる。

緊急事態宣言が発せられ、家にこもることが強く促されるようになると、途端に人との交わりも減る。

今、ひとりで暮らしているから、誰とも話さない日も少なくない。それでも時間は刻々と過ぎていく。気が付けば日が傾き、心のどこかでその日の終わりを感じ始める。

居室は特別寒くもなく、暑くもないので、快適といえば快適だが、その快適さを十分に感じる心の余裕がないのである。そんな日を幾日か過ごした。

ある日の晩、突然、耳鳴りがした。昔から疲労がある地点を超えると、身体が警鐘を鳴らすように左耳から高い異音がする。

今回はいつもよりも深刻で耳が聞こえにくくなり、一気に心臓の鼓動が高くなった。

小さなパニックになったのである。

弱い。自分が感じているよりもずっと弱い。そう思った。どんなに否定してもそう思わざるを得なかった。無理がどこから来たのかは明らかで、こうしたときは強くあらねばならないとどこかで思い込んでいた自分に気が付いた。

孤独が孤立に変化するのが恐ろしく、身体の変調に一人で対処する自信も万全ではなかった。友や大切な人と会うこともできず、考えたくもない想念がうずまく。

どんなに自分の身を守っても、大切な人たちを直接守ることはできない。むしろ、できるだけ会わないことが、その人たちの無事に寄与する、というのが現実なのだ。

「ソーシャルディスタンシング」の必要性も、もちろん理解している。だが、その一方で、自分がどれほど多くの他者の助けによって生きているのかという自覚が十分ではなかった。また、そうした人たちから強制的に分離されたという事実を十分受け入れられていなかった。

不思議なことに、今回、私はもっと自分が強くあらねばならない、とは思わなかった。かつてなら、全身の力を振り絞って、弱さを克服しようとしたかもしれない。だが、今の私はまったく違う道を歩いている。むしろ、自分の弱さを凝視しなくてはならないと思っている。

いま　いちばん
たいせつなのは
弱い自分から
逃げないで　ちゃんと
向き合うこと

むやみに
強がったりしないで
いろんなことに
傷つき
おびえている自分から
目をそらさずに
見届けるのが　仕事

とっても
忙しいから
いつも通りに
していることなんか
できない

自分は弱い、そのことを認めるとさまざまな不調は次第に癒えていった。今も完全ではない。だが、その状態を「生のゆれ」として感じ得るようにはなってきた。わが身を守る。これは誰にとっても大切な務めだ。今は、自身を守ることが、他者を守ることにもなる。ただ、私たちは、もう一つ、おのれの弱さを認めるという仕事にも従事しているようなのだ。

おそれと向き合う

「あった方がよいもの」があるように、「ない方がよいもの」もある。だが、そうした二者択一とは別に、「なくてはならないもの」がある。今、私たちは、さまざまな場面で「なくてはならないもの」を確かめつつある。

日々の生活を成り立たせるお金や住まいはいうまでもない。健康とまではいえなくても、ある種の身心の安定も欠くことができない。

ただ、今日いう「安定」は、大地に深く根差すようなそれではなく、小さな舟で海に漕ぎ出したときのような、揺れながらだが、どうにか日々を生きている、そういった意味での安定だ。

揺れてよい。むしろ、揺れなくてはならないのかもしれない。揺れないものは、強い刺激があったとき、どこかで折れる危険をはらんでいる。むしろ私は、揺れないのがよいとするような風潮が広まることを危惧している。

揺れてよいのだ。むしろ、揺れることの可能性を見失ってはならないようにさえ感じる。

からだがこわばるとき、私たちはからだを揺らす。そうすることで少しほぐれるのを知っている。心がこわばる。すると、私たちは人と話す。そうすることで固まっていた心が少し動き出すのを知っている。

今は、世界は生活ばかりか、人生がこわばり、固まってしまうのではないかという恐怖におびえている。

恐怖は強いものをねじ伏せる。どんな勇者も恐怖に取りつかれてしまってはその力を発揮することができない。

だが、恐怖と戦ってはならない。恐怖は戦う相手ではない。戦うのとは別な方法で向き合わねばならない相手なのである。

恐怖は人間を小さくする。それは人を利己的にし、短絡的にする。それだけでなく服従的にさえしてしまう。恐怖を取り除くのはむずかしい。だが、恐怖という荒波の奥にもう一つの「海」を見出すことはできるのかもしれない。

人は誰も、自分自身と深くつながっているとき、恐怖におびえているのとは別な道を行く。利己的ではなく、いくばくかの利他を心に宿し、短絡的な判断ではなく、広い視座で世界と向き合える。そして、誰かに服従、隷従するのではなく、ひとり、おのれの道を歩く勇気を湧き立たせ得る。

恐怖は私たちから考える力を奪う。手にしていたものを奪われれば、もちろん恐怖は募っていく。

これまでは思考の力を用いれば生活できた。だが、今、そうした生活は成り立たなくなっている。むしろ、思考ばかりをしていれば消耗さえしてくるだろう。

「思考」と似た言葉で「思索」という言葉がある。「索」は「索《もと》める」「索《さが》す」という意味がある。思索とは、自分のなかにあって、見過ごしていた何かを探求することだともいえる。これだけ時間があるのだから、本を読み思索を深めればよい、という声もある。だが、どうだろう。今、私たちはかつてのように本を読むことすらままならないのではないだろうか。

今日のような危機のときは、思考と思索だけでは十分ではない。思念のちからをよみがえらせなくてはならない。

「思念」は「おもひねんず」という言葉で、『源氏物語』をはじめとして中世の時代からある古い言葉である。「念う」はやはり「おもう」と読む。念願、祈念という言葉があるように、心の表層ではなく、心の底で「おもう」ことを指す。「思い」は言葉になることが少なくない。だが、「念い」はほとんどの場合言葉にならない。言葉にならない自分の「念い」を感じとる、そこに私たちは一条の光を見出すのではないだろうか。

同質の営みは古くから行われていた。浄土真宗の開祖・親鸞《しんらん》の言葉を伝える『歎《たん》異抄《にしょう》』には次のような一節がある。

念仏まうさんとおもひたつこころのをこるとき、すなはち摂取不捨の利益にあ
づけしめたまふなり。

もう少し漢字まじりにした方が理解が容易かもしれない。
「念仏申さんと思ひ立つ心の起こるとき、即ち摂取不捨の利益に預けしめ給ふなり」。
意訳すると、「念仏申し上げる、と思う心が、どこからともなく起こるとき、人は誰
一人見捨てることなく、万人を救おうとされている仏のはたらきに包まれる」とい
うのである。

弱さに学ぶ

今、世界は、未知なるウィルスの蔓延《まんえん》を契機とした、複合的な危機の渦中にある。仮に明日、感染症に劇的に効くワクチンが開発されても問題が簡単に解決されはしないだろう。それは健康の回復という領域をはるかに超えたものにふくれあがっている。

パンデミックが問題を生んだ、と考えているうちは、本質的な問題解決には至るまい。危機は、これまで社会が、見て見ぬふりをしてきたものに起因するからだ。見過ごしてきたもの、さらにいえば、ひた隠しにしてきた、その最たるもの、それが「弱さ」だ。

私たちは、身体はもとよりその内面、さらには人間関係における「弱さ」を受け容れざるを得ない場所に立っている。

平常時ならやり過ごせても、不安に押しつぶされそうな日には、胸を開いて語り合う相手がいない、ということも深刻な問題になる。

また、人間だけでなく、現代社会の構造的な「弱さ」も露見している。

緊急医療体制の整備や、医療物資の十分な蓄えはもちろん、これまで社会的、経済的に「弱い」立場にいる人たちへの支援が十分に行われてこなかったことが、感染拡大の要因の一つとなり、社会全体の危機にもつながっている。

政府や地方自治体が、さまざまな支援策を打ち出す。だが、そうした喧騒《けんそう》から疎《そ》外《がい》された場所で、どの施策からもあぶれている一群の人たちもいる。

たとえば、家庭内暴力から逃れるために住民登録をせずに暮らしている人、あるいは路上で暮らす人々がそうだ。

現状のままでは彼、彼女らには布マスクが郵送されてくることもなく、「十万円」

の申請書も送られてはこないだろう。
仮に、別な方法で申請書が手に渡ったとしても身分証明書を添付して書類を送り返すことはできない。

二年前、大学の教員になった。学生と対話するなかで強く感じたのは、世にいう自己責任論の強さだった。それは無意識のレベルにまで浸透している。いかに「強く」あるか、その方法は分かっていても、自己と他者の「弱さ」の認識が難しいのである。

たとえば、科学は世の中にどう貢献できるか、というテーマで論議が始まる。話し合いは活発に行われるのだが、その視座はほとんど「助ける」側にあって、「助けられる」側にはなかなかいかない。

もちろん、学生を責めることなどできない。学生たちが進んでそうしたのではない。社会の求めに応じた結果なのである。

「弱い」立場に立ってみなければ「弱い人」は見えてこない。さらにいえば「弱い人」の多くは、人の目の届かないところにいる。

「弱い人」との関係を考えると、思い出されるのは、精神科医でもあった神谷美恵子の主著『生きがいについて』の冒頭にある一節だ。

平穏無事なくらしにめぐまれている者にとっては思い浮かべることさえむつかしいかも知れないが、世のなかには、毎朝目がさめるとその目ざめるということがおそろしくてたまらないひとがあちこちにいる。ああ今日もまた一日を生きて行かなければならないのだという考えに打ちのめされ、起き出す力も出て来ないひとたちである。

神谷がいうように「弱い人」が「あちこちにいる」ことについて、私たちもまた、そう認識できていたならば、社会の現状は、今とはまったく違った姿をしていたのではないだろうか。

今は、「助ける」だけでなく、「助けられる」ことを学ぶ契機でもある。

「弱い人」は、助けられるだけの人ではない。社会の底に横たわる「いのち」の尊厳という根本問題を照らし出す者としても存在している。

身体的生命とは異なる「いのち」という不可視な存在が社会を成り立たせていることを教えてくれているのである。支援は、どんなときも「いのち」への尊厳を伴うかたちで行われなくてはならない。

見えないものの復興

あるときまで、災害は目に見えるかたちで起こり、さまざまな問題を私たちに突きつけてきた。しかし、東日本大震災のあと、放射能という目に見えないものとの関係で心を痛めなくてはならなくなった。

災害が起こると必ず復興が唱えられる。だが、真の復興とは何か。日本という国は、阪神・淡路大震災、東日本大震災という二つの大きな出来事を経験しながらも、真の復興とは何かを考えないまま、目に見えるものの機能を回復させることに注力してきたのではなかったか。

電気、ガス、水道、あるいは住居といったものの整備を欠くことはできない。しかし、災害が奪ったのはそうした目に見え、手にふれることのできるものばかりではなかった。亡くなった人はもう二度と帰ることはないことが象徴しているように、もっとも深刻な問題は、「復興」などという表現を拒むようなところさえある。

二〇一九年十一月にローマ教皇フランシスコが来日した。滞在中、彼は東日本大震災の被災者との集いを持った。そこで彼は、自身が考える復興の始まりをめぐってこう語っている。

食料、衣服、安全な場所といった必需品がなければ、尊厳ある生活を送ることはできません。生活再建を果たすには最低限必要なものがあり、そのために地域コミュニティの支援と援助を受ける必要があるのです。一人で「復興」できる人はどこにもいません。だれも一人では再出発できません。町の復興を助ける人だけでなく、展望と希望を回復させてくれる友人や兄弟姉妹との出会いが不可欠です。

（『すべてのいのちを守るため』）

真の復興とは、尊厳と希望が保たれる「場」が生まれることにほかならない。それだけでなく「出会い」と呼ぶべき出来事がそこに生まれ続けなくてはならない、というのである。

「場所」と「場」は似て非なるものだ。「場所」は目に見えて存在する。だが「場」は目に見えないかたちで「実在」する。「場所」だけでなく「場」をよみがえらせなくてはならない。むしろ、求められているのは「復元」ではなく「新生」なのではないだろうか。

今、この国だけでなく世界が、新型コロナウィルスという未曾有《みぞう》の「災害」の脅威におびえている。災害は、建物や仕事や生活だけでなく、不可避的に私たちの意識の深いところにも影響を与える。災害時とは生活における非常時であるだけでなく、心の危機でもあることを忘れてはならない。平常心を保って生きている人も少なからずいるだろうが、その人の周囲にも、やはりやり場のない不安に苦しんでいる「弱い人」たちはいるだろう。

身体が「弱った」人たちに十分な治療が必要なように、心に見えない傷を負った人たちにもケアが必要なのはいうまでもない。だが、これまで世の中は、「弱い人」に、あまりに早急に「強く」なれと強いてきたのではなかったか。弱音を吐くことができない人たちが、どこかに追いやられているのではないだろうか。

弱音を聞くと、人は自分にも弱いところがあることに気が付く。そこを直視するのが嫌で、弱音を口にする人を遠ざける。だが、そのいっぽうで、ひとたび「弱く」なってみなければ見えない世界の深みがあることを、今私たちは、日々、実感しているのではあるまいか。

「弱い人」は何もしないのではない。むしろ、他者の「弱さ」を鋭敏に感じ、寄り添える人でもある。私たちは「弱い人」たちを助けるだけでなく、「弱い人」たちにもっと学んでよい。「弱い人」の眼に映る世界、それに言葉の姿を与えてきたのが、哲学や文学の歴史にほかならない。

「弱い」人たちとのつながりが生まれる「場」、そこがほんとうの「復興」の起点になっていくように思われてならない。

賢者と「時」の感覚

緊急事態宣言が解除され、正常化へのステップが明確な期日で示されるところまできた。だが、その根拠はまだ、誰にも分かる形で説明されていない。そうしたなかで、私たちの最優先の課題は、かつての生活を取り戻すことなのだろうか。今、私たちの目はあまりに未来を見すぎてはいないだろうか。

ローマ時代の哲学者セネカは、哲学とは賢者の眼を養うことだと考えていた。『生の短さについて』で賢者の条件をめぐって次のように述べている。

「賢者は回想によってその過去を把握する。時が今としよう。賢者はその今を活用する。時が未だ来らずとしよう。賢者はその未来を予期する。賢者はあらゆる時を一つに融合することによって、みずからの生を悠久のものとする」（大西英文訳）。賢者とは、過去と現在と未来を融合し、ひとつの「時」として生きられる者の呼び名だというのである。セネカの言葉は古くない。むしろ、今日のような危機のとき、いっそう意味深くよみがえってくる。

一九一八年からスペイン風邪が蔓延《まんえん》し、多くの人が亡くなった。このとき、猛威をふるったのは第一波ではなく、第二波だった。

生活上の不自由を強いられた人々の多くは、自分の視界から病者の姿が消え、問題は解決したように思い、失われた日常生活を取り戻そうとした。だが、現実は違った。感染は再び広がり、第一波よりも多くの人命が失われた。

世界には第二波へ警鐘を強く鳴らし続けるリーダーもいる。今、注目を集めているアメリカ・ニューヨーク州のクオモ知事はその一人だ。

日々、彼が強調するのは「事実」に従順であることである。願望や希望によって現実を眺めるのではなく「事実」によって判断することを強く促す。彼が言う「事実」とは、新型コロナウィルスの検査結果や亡くなった人の数だけではない。過去に人類が経験した「事実」も含まれる。

新型コロナウィルスの根本的な問題解決はまだ、日本だけでなく、世界のどこにおいてもなされていない。私たちは今なお、正体不明のウィルスの脅威のなかにいる。このことを忘れてはならないのだろう。

そして、危機が襲ってくるとき、より大きな危険にさらされるのが「弱い人」たちであることも、すでに私たちは、第一波の日々で経験した。そして、誰もが急に「弱い」立場になるという現実にも直面した。

医学的、経済的、教育的など、あらゆる領域に弱者は存在する。移民、難民の人たちのように国籍が深刻な問題になることもあるだろう。そして、弱者はしばしば人目につかない場所にいる。

今、私たちが迎えつつあるのは、長い不自由からの解放の日々ではなく、「弱い人」たちと共生できる社会を準備するための時間なのではないだろうか。自分や自分に近しい人々だけでなく、コロナ禍以前には見えにくかった「弱い人」たちとの連帯を模索すべき日々に入ろうとしているのではないだろうか。

無常と情愛

二〇二〇年が明けようとするとき、ロンドンにいた。画家であり、詩人でもあるウィリアム・ブレイク（一七五七～一八二七）の調査をしていた。ロンドンの冬は厳しい。景気の悪化から路上に寝る人の姿が多く目に入ってくるのを痛ましく感じていた。

だが、それから数ヶ月で様子は大きく変化している。今はもう、簡単にロンドンに行くことはできない。

新型コロナウィルスという未知のウィルスに世界が脅かされている。原因も治療法もはっきりしておらず、混乱の様相を深めたままだ。道端で寝ていた人たちにもこの脅威が迫っているかと思うと胸が詰まる思いがする。

だが、振り返ってみると、こうしたことは昔からあった。人類の歴史は、疫病とのたたかいのなかにあったといってもよい。

今、カミュの『ペスト』をはじめとした疫病をめぐる文学が注目を集めている。鴨《かもの》長明《ちょうめい》の『方丈記』もそうした作品の一つだ。そこには次のような一節がある。「疫《えき》癘《れい》」と記されているのが疫病だ。

　前の年、かくの如く、からうして暮れぬ。明くる年は立ち直るべきかと思ふほどに、あまりさへ疫癘うちそひて、まさざまにあとかたなし。

意訳すると次のようになる。

「前の年は、そのようにして、終わった。新しい年になれば、世の中の様子もかつてのように立ち戻るかと思ったが、（飢饉《ききん》で苦しみあえいでいる）そのうえに、疫病がはやり、混乱を深め、平穏だった頃の様子はもう、まったくうかがうことができない」。

病が流行する以前、人々は飢饉で苦しんでいた。その様子を長明は「憂へ悲しむ声、耳に満てり」と書いている。憂いと悲しみの声がない場所などなかった。その声が聞こえなくなっても耳の底に残っているようだ、というのである。

長明の名前は『方丈記』とあまりに深く結びついているので、忘れられがちだが、彼はその時代を代表する歌人の一人だった。賀茂御祖《かもみおや》神社の神官の息子に生まれたが、さまざまな理由から、求めていた神職に就くことができず、気が付いてみたら歌人になり、宮中に近いところにおり、勅撰《ちょくせん》和歌集に選ばれるほどの人になっていた。

だが、年齢を重ねるうちに思うところがあり、出家し、「方丈」というからおよそ三メートル四方、すなわち九平米の家に暮らしつつ、書いた自伝的な随想が『方丈記』だった。「ゆく河のながれは絶えずして、しかも、もとの水にあらず」という出だしの一節は多くの人の記憶にあるだろう。

この本は世の無常を描いた作品だといわれる。どんなに栄華を誇ってもその内実は空しく、時の変化とともに消えゆくことを長明は幾度となく語っているから、もちろん、誤りではない。

だが長明は、この世が無常であることを訴えただけではない。さまざまな厄災を経験するなか、人が己れのことだけに執着していくさまを「地獄」だと感じてもいた。

もし、『方丈記』が人間の強欲さを描き出しただけの作品であるなら、今日まで読み継がれることはなかっただろう。この古典は無常を説く書であるとともに情愛の深みを描いた秀作でもある。疫病が蔓延した街の光景を描きながら、長明は次のような言葉を残している。

さりがたき妻《め》、夫《をとこ》持ちたるものは、その思ひまさりて、深きもの、必ず先《さき》だちて死ぬ。その故は、我が身は次《つぎ》にして、人をいたはしく思ふあひだに、まれまれ得たる食《く》ひ物《もの》をも、かれに譲《ゆず》るによりてなり。

「愛すべき妻、あるいは、夫を持つ者は、その思いが勝る方が必ず先に逝くことになる。わが身を後にし、相手を強くおもうため、ごくごくまれに手にする食べ物も、相手に譲るからである」。

「おもふ」という言葉は「思う」とだけでなく「恋う」と書いても「おもう」と読む。

もし、この人生で、本当に自分よりも大切に「おもう」人に出会うことができれば、それだけで、その人生は意義深いものになるだろう。また、誰かに、それ以上に大切に思ってもらえることがあれば、十分に誇りたい出来事だともいえる。

多くの人を救い得るような大きな力を持つ人は少ない。一人でもよい。誰かを本当の意味で愛《いつく》しむことができれば、人生のある部分は結実したといってよいのかもしれない。

2

言葉のともしび

危機を
生き抜くための
灯のような言葉
多くのではなく
暴風でも消えない

幾つかの　強靭な言葉

試練のとき
行くべき道を
照らしてくれる言葉
あたまを刺激する
言葉ではなく
いのちに届く言葉

困難のときも
悲嘆にくれるときも
ほのかに行く先を

指し示してくれる
古くからある
叡知の言葉

不安や戸惑いに
飲み込まれそうになるとき
苦しみと悲しみを
生きる力に
変えてくれる
祈りのような言葉

遅れてきた新学期

ずいぶん遅れましたが、やっと新年度が始まりました。今日から授業が始まります。皆さん、お変わりないでしょうか。

三月の中旬から、外出を自粛する動きが強まるなかで、ある時期まで私もこれまで経験したことのないような日々を送っています。出口が見えないまま、緊急事態宣言が延長され、説明しがたい不安や迷いを感じている人もいるかもしれません。

まだ、振り返るにははやいのですが、これまでの数十日は、自分の「弱さ」と向き合う日々だったようにも思います。

これまで「弱さ」は、克服すべき対象として語られることが少なくありませんでした。しかし、この二ヶ月で私が経験したのは、これまでの常識とはまったく異なる事実でした。「弱さ」こそが、他者との信頼を深める契機であり、未知なる自己と出会うための扉にもなり得る、ということだったのです。

ここでいう「弱さ」は、脆弱性《ぜいじゃく》とは異なるものです。これからの講義でもふれていきたいと考えていますが、それは、信頼や情愛の基盤となる、可能性に満ちた心情のことです。むしろ、この講義では「弱さ」のなかに可能性を見出していく道程を皆さんと考えてみたいと思います。

今、多くの大学は遠隔授業システムを使った講義を行っています。しかし、今回はそうしたものを使わないでやってみようと思います。今の環境下では、皆さんの時間と体力を必要以上に奪うことが想像されるからでもあります。

従来のように決まった場所で決まった時刻で、一定の時間を過ごす、そうした講義とはまったく異なる場で皆さんとつながってみたいのです。

この講義に「定時」はありません。私としては皆さんが望むときに自分と先人の言葉に向き合ってもらえるように最大限の自由を準備したいと思いました。既定の百分×十四回の講義ではなく、あえて言うなら、のべ千四百分の生きた「時」を共にしつつ、叡知の探求を試みてみたいと思います。

この講義を通じて共有したいと思っているのは「つながり」です。今、この危機にあって、世界を牽引《けんいん》しているリーダーたちが改めて用いている言葉が“connect”“connectivity”です。台湾の総統である蔡英文《さいえいぶん》やアメリカニューヨーク州クオモ知事などがその典型です。

今までの世界は“relate（関係する）”あるいは“relation（関係）”を重んじてきました。関係は、つねにではありませんが、しばしば可視的、可触的なものです。しかし、今、私たちはそれとは異なる在り方としての「つながり」を探求しなくてはならない現実に直面しています。

ここでいう「つながり」は、皆さんと講師である私だけでなく、皆さんと叡知の歴史、そして、皆さん同士のつながりでもあります。私の役割は、皆さんが歴史とめぐりあうのを邪魔しないことです。
哲学者のデカルトは、真の意味で「読む」とは、それを書いた人と「対話」することにほかならない、と書いています。ローマ時代の哲学者セネカは、読書とは、時空を超えた「旅」であると語っています。

われわれに閉ざされ、禁じられた世紀はなく、われわれはどの世紀にも入って行くことが許されており、精神の偉大さを支えに、人間的な脆弱《ぜいじゃく》さから来る狭隘《きょうあい》な限界を脱却したいと思えば、（その知の世界を）逍遥《しょうよう》する時間はたっぷりとある。ソークラテースとともに議論することも許され、カルネアデースと共に懐疑することも、エピクーロスと共に憩うことも、ストア派の人々と共に人間の本性を克服することも、キュニス派の人々と共に人間の本性を解脱することも許される。

（セネカ『生の短さについて 他二篇』大西英文訳、岩波文庫）

ここで挙げられている固有名にあまりこだわる必要はありません。ソクラテス、カルネアデス、あるいはエピクロスは、セネカにとって重要だっただけで、私たちはそれを踏襲《とうしゅう》する必要はないのです。

むしろ、私たちはそこに私たち自身の経験に裏打ちされた対話の相手を見つけていかなくてはなりません。誰の名前を入れるのかが、その人の読書と思索の経験を決定していきます。

「つながり」という言葉にはどこか、離れているが、ともにある、という語感があります。「問い」を深めることを通じて、先人たちも試みた叡知への旅を皆さんとともに出かけてみたいと考えています。

短い期間ですが、どうぞよろしくお願いいたします。遠からずキャンパスで会える日がくることを楽しみにしています。

「弱さ」において「つながる」社会

――コロナ禍で人と人との関係はどう変わったのでしょうか。

人間関係には「交わり」と「つながり」の二種類があります。交わりは文字通り実際に会って言葉を交わすような物理的接触のこと。一方、つながりは必ずしも場を共有せず、目には見えない結びつきを意味します。

いわゆる「ソーシャルディスタンシング」を実践することによって、何十人もが出席する形式的な会議や毎日出社し、顔を合わせて「交わる」ことは、それほど必要ないことが分かってきました。むしろ離れている方が相手の存在を強く感じられる場合も少なくない。あるいは、地球の裏側にいてもつながることはできる。今、私たちは身体的な交わりが制限されています。そのいっぽうで、仕事でも私生活でも、精神的なつながりを深める契機にも立っているのだと思います。

――つながりを深めるために必要なことは何ですか。

「弱さ」と向き合うことです。コロナ禍はこれまでも身の回りにあったのに見過ごされてきた、さまざまな弱さをあぶり出しました。それは大きく三つ挙げられます。社会的、経済的な構造上の弱さ。自然界における人間の弱さ。そして人間における他者との関係と内面の弱さです。弱さに直面させられるのは心地よい経験ではありません。しかし、同時にこの弱さが私たちの世界の基盤になっていることも確認できたのではないでしょうか。

たとえば、この危機の中で身を挺《てい》して働いている、物流や販売、福祉関係の仕事に従事する人々がいます。その多くは、比較的低賃金での労働を強いられる弱い立場にいます。ですが、彼らによってこの社会が根底から支えられていることは、もう誰も否定できません。また、ホームレスと呼ばれる生活困窮者たちも「弱い人」たちです。彼らを十分にケアしなかったことは、感染を広げる原因の一つだったと言えます。

つまり、コロナ前の世界では見なくても済んでいた「弱い人」たちと私たちは、実は深くつながっていることを思い知らされたのです。コロナ禍の中で評価を高めたリーダーたちに共通しているのは、そうした社会の弱さに向き合い、自らの弱さも正直に表明している点です。

――ツイッターではメルケル独首相やクオモ米ニューヨーク州知事らの言葉を引用し発信されていますね。

ドイツのメルケル首相は三月十八日のテレビ演説で、「感謝される機会が日頃あまりにも少ない方々」として「スーパーのレジ係や商品棚の補充担当」への謝意も述べました。この言葉はドイツだけでなく、世界中のエッセンシャルワーカー（社会生活に不可欠な仕事に就く人々）の励ましとなったと思います。

クオモ知事は、連日の会見の中で「ヴァルネラブル（弱さ、傷つきやすさ）」という言葉を多用し、彼らを守ることが社会全体を守ることにつながると繰り返しています。そして、市民にマスクの着用を強く促しています。そうすることが公衆衛生を守るだけでなく、「互いの命への敬意の表明」になると言うのです。「自分は感染しないから必要ない」とマスク着用を拒むトランプ米大統領とは対照的です。弱みを見せないことは強がりであって、真の強さではない。そうした強がりにひかれる人もいるのかもしれませんが、多くの人は痛みや苦しみを理解しないリーダーに信頼を寄せることはありません。人は、弱さを共有することによって、深くつながることができるのだと思います。

弱肉強食の世界では、弱者を助けることは不利益になると考えられがちです。しかし弱者を守ろうとする時に、自分の中に眠る力が呼び覚まされることもある。ローマ教皇フランシスコは、四月十九日のミサで「わたしたちを今後ひどく襲う危険があるのは、無関心な利己主義というウイルス」だと語っています。教皇は、過酷な状況を生き抜く「弱い人」たちには世の矛盾を見抜く叡知《えいち》があり、私たちはそれに学ぶことができる、とこれまでも訴えてきました。

助ける人と助けられる人という構図にも疑問が残ります。誰もが「共にある」社会へと変貌しなければなりません。同じことは移民や難民の問題にも言えると思います。

——日本のリーダーや国内の問題についてはどう見ていますか。

日本と諸外国との危機対応で決定的に異なっていたのは、そのスピードです。もちろん、日本は遅れている。そして「弱い人」たちに対する認識の深度も、日本は浅いところにとどまっています。自粛要請は三月中に伝えられたのに、五月下旬時点でも補償を受けられた人はごくわずかで、「十万円」も「アベノマスク」も手にできない人がいる。今すぐ補償を必要とする人は多く、企業が倒産してから給付金が届いても意味がありません。金銭的な補償だけすれば良いということではなく、国民の痛みや苦しみへの共感が伝わってこないのです。

あるところでは、自粛要請に従わない人々に対する批判が過熱していますが、そうした人たちの中には、やむを得ない理由を抱えているケースも少なくないと思います。十分な補償がないから働きに出ていたり、家庭に居場所がなかったりする人もいる。そうした人々を一方的にたたくのではなく、自粛できない理由に潜む問題を見極め、それが改善されるよう声を上げる方が良いのではないでしょうか。

人間が感じる善は、ほとんどが相対的で時限的なものです。それを絶対的なものであるかのように行動することほど、恐ろしいことはない。自分は正しい、相手が間違っているという姿勢は、主体を国に置き換えて考えれば全体主義にほかなりません。

――リーダーの言葉も含め、内にこもる生活の中で言葉の重要性が増しているように思います。

二〇一四年から「読むと書く」という講座を各所で開き、参加者の文章を添削しています。コロナ禍の中で書かれた作品には、これまで以上の力が宿っているのがはっきりとわかります。一見、無関係に思えるかもしれませんが、検察庁法改正案に対するツイッター上の抗議のうねりも、これまで語らなかった市井の人々の言葉の力が大きくなった証なのではないでしょうか。

今はSNSで容易に不特定多数とつながることができ、一人になることが難しい時代です。一人でいるのは良くないと避ける風潮もある。しかし、書くこと、考えることは一人で、自分と向き合わなければできません。

自分や大事な人の死への恐れに直面した時、人は決定的に一人になりますから、この緊急事態において言葉が力を持つのは自然なことだと思います。

最近よく読み返しているのは、二十世紀前半を生きたフランスの哲学者、シモーヌ・ヴェイユの手記と、鎌倉時代に鴨長明が記した随筆『方丈記』です。ヴェイユは生存中に一冊も著書を残さず、『方丈記』は山奥での隠遁《いんとん》生活のなかで生まれました。いずれも多くの人に届けようと意図しなかったにもかかわらず、何百年後の世界でも通じるものとして読み継がれている。名もなき人が一人で書いた言葉には一切の打算がない。だからこそ力があるのかもしれません。

――「アフターコロナ」の世界はどうなると思いますか。

そもそも私たちは、「アフターコロナ」と呼べる世界を論議できる地点にいるのでしょうか。今は、まずはこれから来るかもしれない第二波、あるいは第三波に備えるべき時で、この与えられた時間を「弱い人」たちのために使うことこそが、社会に真の豊かさをもたらすのだと思います。

コロナ禍によって浮き彫りになったのは未知の問題ではなく、これまで見過ごしてきた問題です。コロナ禍がなかったとしても、明日は必ずやって来るものではありません。東日本大震災の時にも同じような経験をしたはずです。大事な人に、さよならも言えず別れなくてはならないことがあるのが、過酷な現実なのです。

人は、自分や大事な人の死の恐怖にさらされなければ、生や愛について真剣に考えることがありません。そうした意味では、自分がどう生きたいかを真剣に考え直す契機でもある。世界もまた、誰もが抱える弱さを基盤にしたものへと創り変えることができるはずです。

コロナ前の世界では、前に進むことばかりが良いとされてきました。しかしほころびがあるなら、戻って修復する必要がある。破れ目は進めば進むほど大きくなります。

これからは、時間と労力をかけて「後ろに進む」ことをまずやらなければならないと思います。これまで見過ごしてきたものを取り戻しに行く前向きな旅は、後ろに進むのです。

「ニューノーマル」というクオモ知事の言葉が注目されていますが、何がニューノーマルなのか、私たちはまだ知りません。ただ、かつての「ノーマル」な世界がもう存在しないことは明らかです。方向も確かめずに安易に前進すると、同じ過ちを繰り返すことになりかねないと思います。

弱さの彼方にある光

――敬意と愛と正義

今、私たちは、新型コロナウィルスの脅威のなかで、ある厳しさを強いられる日々を送っています。

ある人は身体的な問題を、ある人は心に、あるいは経済的に、ある人は未来に問題を抱えているかもしれません。

そして、家で長い時間を過ごさねばならない人たち、また、逆に、どんなときも外で働かなければならない人たちもいます。

誰もが、それぞれの不安と苦しみを、そして悲しみを抱えながら生きているのではないかと思います。

そうしたなかで今日は、私たちの行く末を少し照らし出してくれるような、いくつかの言葉をご紹介できたらと考えています。困難にあるとき、言葉は灯《ともしび》になることがあります。今、私たちはどこにいて、これからどこに進んでいくことができるのか。羅針盤になるような言葉をめぐってお話しできればと思っています。

第一回は、世界のさまざまな場所で活躍している三人のリーダーの言葉にふれつつ、「危機にあるときの言葉」とは、どうあるべきなのか。どのような場所から発せられた言葉が、闇を照らす力があるのかを感じ直してみたいと思います。三人の言葉には、どこか共通するものもあるかもしれません。そのいっぽうで、それぞれの立場だからこそ、見えてくる何か大事なものもあるのではないかと考えています。

一人目は、ドイツの首相アンゲラ・メルケルです。二〇〇五年から首相を務めて、およそ十五年にわたってドイツ国を率いている人物です。

以前から彼女の発言はドイツ一国を越え、ＥＵ内でも大きな影響力をもっていました。しかし、今回の危機対応において、その影響は世界にまで及んだと言えるのかもしれません。

二人目は、アメリカ・ニューヨーク州のアンドリュー・クオモ知事。新型コロナウイルスの危機対応が素晴らしいということで注目を集めています。二〇二四年の大統領選では「彼こそが大統領にふさわしい」という声も挙がっている、そんな人物です。

ニューヨーク州は、アメリカ国内はもとより世界に目を広げても新型コロナウィルスの被害をもっとも深刻に受けた地域の一つでもありました。そうした場所をどのようによみがえらせ、新生させようとしているのか、その原動力は何だと彼が考えているのかを見てみたいと思います。

最後の人物は、ローマ教皇フランシスコです。彼は昨年、二〇一九年の十一月に来日しました。先の二人は国と地域を率いる政治家でした。世界十三億人の共同体を率いる宗教家である彼の言葉にふれながら、政治とは異なる立場から見た危機から脱出する道標《みちしるべ》を見出してみたいと思います。

最初に味わってみたいと思うのはメルケル首相が、今年三月十八日に行ったテレビ演説の言葉です。これからご紹介する一文は、皆さんもドイツ大使館のホームページで読むことができます。この談話のはじめに彼女は、次のような、ある意味で意外なことを語ります。

＊

何百万人もの方々が職場に行けず、お子さんたちは学校や保育園に通えず、劇場、映画館、店舗は閉まっています。なかでも最もつらいのはおそらく、これまで当たり前だった人と人の付き合いができなくなっていることでしょう。もちろん私たちの誰もが、このような状況では、今後どうなるのかと疑問や不安で頭がいっぱいになります。

一見何気ない言葉のように見えるかもしれません。しかし、あの日、先の見えない状況のなかで、この言葉を聞いた人たちには深い安堵が広がったと思うのです。彼女は国民を直接的にはげますのではなく、「不安」を共有しようとします。「誰もが」と前置きし、「疑問や不安で頭がいっぱい」だ、とメルケルがいうとき、もちろん、そこには彼女自身も含まれています。彼女は自分が抱えている不安を隠すことなく開示したのです。

この言葉はほどなく、日本語になって、インターネット上にも流れました。それを読んだときの感動を今も忘れることができません。メルケルが、決して口にしなかったのは「頑張れ」という言葉です。「皆さん、頑張りましょう」「私たちはどうにかなります。頑張りましょう」と彼女はいわない。彼女は「強さ」を誇るような態度を取りません。むしろ、「弱い」、「私たちは弱い存在なのだ」ということを最初に語るのです。

彼女は、自分の「弱さ」を明らかにすることで、本当の意味で、連帯というものが生まれてくることを経験的に知っているのだと思います。それは見方を変えれば、彼女自身がそうした弱さを正直に語る人をリーダーとして選んできたということもあるのだろうと思います。

コロナ禍は、リーダーのあるべき姿を根本から変えたように思います。世界のさまざまなところで、いわゆる「メッキ」がはがれるような現象が起こっています。これまでは「強い」リーダーが発言力を高めていました。

しかし、これからは、いたずらに「強がる」リーダーではなく、真の意味で「弱さ」を受け入れることのできる「弱い」リーダーこそが、人々と深いところでつながるのではないかと思うのです。

今日、メルケルの言葉にふれながら、改めて考えてみたいのは、「つながり」という言葉です。この「つながる」という言葉は今、世界のさまざまな所で語られ始めています。やはり、コロナ禍でのリーダーシップにおいてとても優れた手腕を発揮した台湾の総統・蔡英文《さいえいぶん》も、connect あるいは、connectivity という表現を用いています。

似た言葉で「交わり」という言葉もあります。「つながり」と「交わり」がどのように違うのか、そして、この言葉の差異を繊細に感じ分けつつ、世界をどのようにつくり変えていかなければならないのか、ということを考えてみたいのです。
さて、メルケルは、先の言葉のあとに、多くの人が病に感染し、そして亡くなっていくなかで、人の「いのち」をめぐって語ります。

これは、単なる抽象的な統計数値で済む話ではありません。ある人の父親であったり、祖父、母親、祖母、あるいはパートナーであったりする、実際の人間が関わってくる話なのです。そして、私たちの社会は、一つひとつの命、一人ひとりの人間が重みを持つ共同体なのです。

どの国でも感染者数は日々公表され、それを見た人々はさまざまな思いを胸に宿します。しかし、その一方で、人間の「いのち」は、けっして数量化されない何かでもあることも知っています。そして、「いのち」の次元では誰もが、尊厳を持った平等な存在であることもどこかで感じながら生きています。メルケルはそれに深い敬意を表するのです。

「敬意」は、リーダーとしてのメルケルを考えるとき、とても重要な言葉になるかもしれません。彼女はそれを直接語る、というよりも体現しようとします。

また、ここでメルケルが語っている「いのち」は、身体的な「生命」と深い関係がありながらも同じものではありません。「いのち」と「生命」は、どういう関係にあるのでしょうか。「生命」がなくなれば、「いのち」も消滅するのでしょうか。

私たちの身体はしばしば目に見え、手でふれあえる、「交わり」を求めます。しかし目に見えない「つながり」を実現するのは、「生命」よりも「いのち」です。「いのち」と「いのち」がふれあったとき、私たちは「つながった」と感じるのではないでしょうか。

また、日常生活で「交わり」のなかにいるとき、私たちはなるべく「弱さ」を隠そうとします。「強がる」ことが多いようにも思います。

そのいっぽうで、信頼できる人と「つながり」を感じるときは、安心して「弱く」あれるのではないでしょうか。それだけでなく、弱いところを見せながらも、互いに助け合うということも起こる。人は、弱くあることによって強く「つながる」ことが少なくないのです。

今――そしてかつても――この国ではどこかから「頑張ろう」という耳には聞こえない「声」が響いてくるように私には感じられます。みんなでもっと「強く」あろうと励まし合っているように思うこともあります。

励まし合うのはよいことなのかもしれません。しかし、それよりも弱さを互いに受け入れることが最初ではないでしょうか。

弱さと弱さが重なっても、より弱くなるだけなのではないか、という声もどこかから聞こえてきそうです。「あたま」で考えるとそうなります。しかし、先にもふれたように私たちが、互いに内なる弱い人の姿で誰かに会う。そこには、信頼や友愛、ときには慰めがあり、あるときは孤立から救い出された心地もするかもしれません。不思議なことなのですが、弱さによって実現した「つながり」は、私たちをより弱くするとは限らないのです。その人に眠っている可能性や生きるちからを呼び覚ますこともあるのです。

メルケルの話を聞いていると、彼女はこの「弱さの理法」というべきものを熟知しているように思われてきたのです。メルケルはもともと物理学者でした。彼女は優れた合理的精神の持ち主です。その一方で、プロテスタントのキリスト者でもあります。彼女には『わたしの信仰』（新教出版社）という講演録があります。その一節を読んでみたいと思います。

人間はそもそも自分を愛し、自分を信じ、自分自身を理解していなければ他者を愛することもできません。

とても素朴な言葉ですが、たいへん重要な指摘なのではないでしょうか。他者を愛するために、最初に試みるべきは、自分を愛し、自分を信じ、自分を知ることだというのです。

自分を知るとは、やはり、自分の中にある弱さを否むのではなく、愛《いつく》しむことなのではないでしょうか。私たちは、自分の弱さを抱きしめられたときに、他の人の弱さもまた、拒むのではなく、抱きしめるに値するものであることに気がつくのだと思うのです。

そして、このスピーチでメルケルは、次に医療従事者たちへの深い感謝を表明します。文字通りの意味で命を懸けて働いている人たちへの敬意を表明します。

この機会に何よりもまず、医師、看護師、あるいはその他の役割を担い、医療機関をはじめ我が国の医療体制で活動してくださっている皆さんに呼びかけたいと思います。皆さんは、この闘いの最前線に立ち、誰よりも先に患者さんと向き合い、感染がいかに重症化しうるかも目の当たりにされています。そして来る日も来る日もご自身の仕事を引き受け、人々のために働いておられます。皆さんが果たされる貢献はとてつもなく大きなものであり、その働きに心より御礼を申し上げます。

とても丁重な感謝の言葉です。日本語で読んでも、言葉の一つ一つがとても丁寧に、そして慎重に選ばれているのが分かります。こういう深いところから出た謝意を耳にすると、人は、それぞれの立場で、勇敢な医療従事者たちが守ろうとしているものを、自分もまた守ることに寄与したいと思うのではないでしょうか。

医療従事者の皆さんは、みな勇気があって、こうしたときも難なく現場にいることができる、というのではない。覚悟を決めつつも、どこかおびえながら、苦しみながら、現場に立っていることは想像に難《かた》くありません。恐怖がないのではないのです。そこを乗り越えて、危機にある人を救おうとしているのです。

真の勇気は、恐れないことではなく、恐れながらも使命を果たそうとすることなのではないでしょうか。先の発言のあとにメルケルは、まったく異なる現場の人に謝意を表明します。

さてここで、感謝される機会が日頃あまりにも少ない方々にも、謝意を述べたいと思います。スーパーのレジ係や商品棚の補充担当として働く皆さんは、現下の状況において最も大変な仕事の一つを担っています。皆さんが、人々のために働いてくださり、社会生活の機能を維持してくださっていることに、感謝を申し上げます。

これほど真摯《しんし》な、そして敬意に満ちた感謝の言葉を贈られれば、その瞬間にある充実感を胸いっぱいに感じると思います。このメルケルの言葉は、ドイツ国民だけではなくて、日本はもちろん、世界中のスーパーで働く人たちにとっても大きな励ましになったのではないかと思います。私も、インターネット上に流れてきた翻訳でこの言葉を読んだとき、強く心を動かされました。なぜこれほどまでに強く動かされたのかと思うほど感動したのです。

理由はいくつかあるように思います。一つ目は、メルケルと同じく、日常生活を可能にするために食料品店や薬局、あるいは書店などで働く人への感謝の気持ちがあるにもかかわらず、言葉にできず、実際に声をかけることはない。こうしたときに心にあって言葉にならない思いをすくいとってもらった気がしたのです。

さらには、自分がスーパーのレジや商品棚などで働いているわけでもないのに、職業の差異を越え、働くことそれ自体の誇りをよみがえらせてくれたように感じたのです。

どんな仕事であれ、それが労働である限り、人はそのことによって、共同体を支え、他の人の命を守ることに寄与している。職業の違いにかかわらず、働くということの底にある意味に光を当ててくれました。

私たちは日頃、働くということを、賃金を得たり、生活を支える手段のように考えがちです。もちろん、それはとても重要なことです。しかしメルケルの言葉は、労働にはそれだけに終わらない「何か」がある。そして、いちばん大切なのは、その「何か」だということを、心の深いところから喚起させてくれます。それは真の意味での「誇り」であり、互いに確かめあうべき「敬意」なのです。

＊

次は、アメリカ・ニューヨーク州の知事であるアンドリュー・クオモという人物です。彼は、新型コロナウィルスの感染が深刻化しているこの地域で、優れたリーダーシップを発揮し、注目と信頼を集めています。

その理由は、危機を前にしたときの的確な指示と洞察力だけではありません。彼はその最初の段階から一貫して、「弱い」立場にいる人を守ることと「いのち」が最も大切であることを幾度となく語りました。

アメリカでは、経済か「いのち」か、どちらを取るのか、という論議が幾度もあり、トランプ大統領は行き先が見えないなかで、経済を優先するかのような発言を繰り返していました。しかし、クオモは、その問題設定そのものが間違っているというのです。

「いのちを犠牲にして経済を加速させる、そんなことを言うアメリカ人はいないはずだ」という言葉を語ったのを鮮明に覚えています。

もちろん、現実が違うことを、この人物は分かっています。しかし彼は、経済か「いのち」か、という選択ではなく、「いのち」を最優先で守りながら、同時に経済を立て直すこの前提をけっして崩しませんでした。

経済の重要性は理解している、しかし「いのち」があって初めて経済がある。経済のために「いのち」があるという構造を彼は受け入れない。

危機になると行き先が見えなくなることがある。すると、人々はひとまず、直近の日常に戻ろうとします。しかし、クオモは、毎日のように、もっと思慮深くなくてはならない、と人々に訴えました。そして、かつての日常ではなく、「新しい日常」を作り上げていかなくてはならないというのです。新しい日常とは「いのち」の優位のもとに、社会をつくっていくことです。自分たちはどこか、経済を優先してきたのかも知れない。さっきのメルケルの言葉で言えば、強さをどこか優先してきたのかも知れない、そうした反省がクオモにはある。

彼はもう一つ私たちに大事な言葉を教えてくれています。それは「ヴァルネラブル（vulnerable）」という言葉です。日本では、あまり聞き慣れない言葉かもしれません。ある弱さを持っていることであり、とても傷つきやすいことを示す言葉です。

新型コロナウィルスのこういう脅威の中では「いのち」の危機に近い人たちのことを「ヴァルネラブル・パーソン」と言ったりもします。クオモは、重篤《じゅうとく》な病を持っている方、高齢の方、経済的に身の安全を守れない人たちあるいは心の病をかかえている人たちなどが「ヴァルネラブル・パーソン」であるというのです。

ここではあえて「ヴァルネラブル・パーソン」を、「弱い人」と翻訳してみます。クオモがいう「ヴァルネラブル」は、どうしてそうなったのかの理由は最重要の問題ではないからです。どんな理由であれ、「弱く」あることを強いられている人がいる。そうした人たちを社会が受け入れることができるか否かが問題なのです。

そして、こうした「弱い人」、何かの手助けを必要としている人と共にある世界を作っていくことが、彼のいう「ニューノーマル」なのです。「弱い人」を疎外しない世界は、危機のときに「いのち」の安全をより深く守れる社会でもある。彼もまた、「弱さ」に可能性を見出しているわけです。

この未曽有《みぞう》の困難を乗り切るだけでなく、創造的であらねばならない。彼は市民に以下の五つの信条を守ろうと毎日、呼びかけます。

一、タフであること（tough）

二、賢明であること（smart）
三、規律をまもること（disciplined）
四、歩調を合わせること（united）
五、愛を忘れないこと（loving）

「弱い人」を守ろうとするときに、私たちは自分の中に眠っているさまざまな力を呼び覚まさなくてはならない。その最初にくるのはタフであることです。この言葉をあえて日本語にすると「不撓不屈《ふとうふくつ》」ということになると思います。じっと我慢するだけでなく、折り重なる試練を前にくじけないことです。そして、これらの心のありようを根底から支えているのは「愛」であるとクオモはいうわけです。

今日、「愛」という言葉を政治的場面で用いることが、どれほど難しいかを彼は熟知しています。しかし、こうした過酷な状況だからこそ、彼は「政治的」な言葉ではなく、人間の言葉で呼びかけ続けるのです。

そして彼はこうしたことも語ります。もっともタフな人間はつねに、愛を語り得るほど強い。もっともタフな人間が、もっとも愛を語る。だからもっとタフであろう、愛を語り得るように、というのです。

クオモが考えている「愛」は私たちの怒りを鎮め、社会変革に変えていく力の源になるものです。そして、私たちを利己主義から救い出してくれるものでもある。危機にあるとき、人はどうしても自分のことを考えがちです。しかし、利己主義を追求していくことは決して私たちを幸せにはしない、ということをクオモは強調します。利己主義の壁を打ち破るのは、「愛」にほかならない、というのです。

＊

次に考えてみたいのは、教皇フランシスコの言葉です。彼は二〇一九年の十一月に来日しました。そのとき教皇が幾度となく語っていたのも「弱い人」と共にある社会です。

クオモと教皇の語っていることが近いのは、おそらく偶然ではありません。クオモは教皇と同じカトリックなのです。クオモは会見のとき、雑談だと断って、自分の信仰をめぐって少し話すことがあります。また、教皇とメルケルは深い信頼関係によって結ばれています。

さて、今年の四月十九日、バチカンの近くで行われたミサの中で、教皇は次のような言葉を語りました。

わたしたちを今後ひどく襲う危険があるのは、無関心な利己主義というウイルスです。自分さえよければ生活は上向く、自分さえうまくいけばすべてそれでよい、という考えが広がることです。こうしたことから始まり、最後には、人を選別し、貧しい人を排除し、発展という名の祭壇の上で取り残された人々を犠牲にするに至ります。

私たちは実は自分を守ろうとするあまり、世界に大きな分断をつくっている、というのです。これはコロナ危機に直面して語った言葉なのではありません。彼は「無関心な利己主義」は伝染する、ということを、ずっと語ってきました。彼がローマ教皇に就任したのは二〇一三年です。彼は変わらずこうした言葉を世界に送り続けています。

彼は「貧しい人、弱い人を支えましょう」ということはあまりいいません。もう少し過激なことを語ります。彼は「弱い人」、「貧しい人」、「見捨てられた人」に学ぶべきだ、というのです。

こうした人たちはたいへんに過酷な状況で生きている。ただ同時に過酷な状況を生き抜く叡知もまた、人々の中に眠っている。しかし、「弱い人」はそれを語る言葉を、あるいは機会を持たない。だからこそ、私たちの方から学びに行かなくてはならない、というのです。

私たちは自分から見て「弱い人」、「貧しい人」を助けたいと思う。これは素晴らしいことです。しかし「助ける」という視座から見たとき、私たちは自分が何か「高い」場所にいることを忘れがちだというのです。もっと低い所に行き、人々に学ぶということを始めたときに、初めて見えてくる何かがある、というわけです。

そうしたときに私たちは、本当の意味での「つながり」を取り戻すのかも知れません。そして同時に自分の中にある「いのち」も再び発見できるのかも知れないのです。教皇は同じミサで、次のようにも語っています。

このパンデミックは、苦しむ人々の間には違いも境界もないことを、わたしたちに思い出させせました。わたしたちは皆、弱く、平等で、かけがえのない存在です。今起きていることは、わたしたちの内面を揺さぶります。今こそ、不平等をなくし、全人類の健康を損ねる原因である不正義を正す時です。

世界は、平等でも、均衡でもなく、ある大きな不調和の中にあるということを経験しています。私たちはそれを今まで見て見ぬ振りをしてきたのかも知れません。しかし、私たちは今、それをまさに目撃しているわけです。知らなかったということは、もう私たちにはできない、だからこそ私たちはこれを変えていかなくてはならない。

危機に直面しているだけではない。私たちのこの世界にはびこる不正義を正すときだ。危機こそは試練であるだけでなく、本当に大切なものがなんであるのかも教えてくれる、というのです。

今、私たちが真摯に考えるべきは、まったく新しい何かを作ることではなく、これまで、熟慮することなく、簡単に手放してきたものをもう一度取り戻していく道なのかもしれません。メルケルはそれを「敬意」だと考えていたかもしれません。クオモは「愛」、教皇は「正義」だという。しかし、三人に共通しているのは「弱さ」に可能性を見出すということなのです。

＊

これまで世界のリーダーの言葉をめぐってお話をしてまいりました。次回は現代人ではなくて、歴史に語り継がれてきた言葉を皆さんと考えるなかで、こういう疫病や戦乱、あるいは大きな危機の中で人々がどういう叡知を見出していくことができたのか、ということを皆さんと一緒に考えてみたいと思います。

今、現在の大きな危機を乗り越えていくために、私たちは歴史と深くつながるということもとても大事なのではないかと考えているのです。

闇を照らす言葉

前回は、世界の同時代のリーダーの言葉にふれながら、現代社会が見失ったものとは何かを考えてみました。今回は、同時代の作家にもふれますが、主に歴史の言葉、すでに亡くなっている人たちの言葉との対話のなかに、これからの道行きをさぐってみたいと思います。

＊

最初にとりあげるのは、スベトラーナ・アレクシエービッチ（一九四八〜）の代表作『チェルノブイリの祈り　未来の物語』です。この作家は二〇一五年にノーベル文学賞を受賞しています。この作品のはじめにある「孤独な人間の声」の冒頭を、少し読んでみます。

なにをお話しすればいいのかわかりません。死について、それとも愛について？　それとも、これは同じことなんでしょうか。なんについてでしょう？　私たちは結婚したばかりでした。買い物に行くときも手をつないで歩きました。「愛しているわ」って私は彼にいう。でも、どんなに愛しているかまだわかっていませんでした。考えてみたこともなかった。私たちは夫が勤務している消防署の寮に住んでいました。二階に。寮にはほかに若い家族が三家族いて台所は共用でした。一階には車が止まっていた。赤い消防車。これが夫の仕事です。いつも知っていました。彼がどこにいるか、彼になにが起きているか。

（松本妙子訳）

この言葉は、チェルノブイリの事故で放射能を多量に浴びて亡くなってしまった消防士の妻の告白をアレクシエービッチがまとめたものです。夫を喪《うしな》った彼女は、今、自分が何を語るべきかが分からない、というのです。でも、そのいっぽうで、今日まで「どんなに愛しているかまだわかっていませんでした」とも語っています。

先の証言は、単なる混乱の言葉ではありません。むしろ、愛する者を喪ったという経験が、愛の存在を一層際立たせたという愛の告白です。

私たちは今回の危機で、さまざまな形で死を感じたのではないかと思います。自分の一生が、思いがけないところで終わりになってしまうのではないか、という恐怖を感じた人もいると思います。それだけでなく、自分の大切な人に、何かがあったら、という恐怖を感じた人もいるかもしれません。

しかし人は、病だけでなく、先のような事故、あるいは天災などによっても亡くなります。それが現実です。死はいつも傍らにある、というのが、生活の本当の姿、少し難しい言葉でいえば、実相なのだと思うのです。

この女性は、こんなふうに自分の伴侶と別れるとは思っていませんでした。また明日、彼と一緒に手をつないで街を歩ける、そう思っていた。しかしそういう日はもう二度と来なかった。

「どんなに愛しているかまだわかっていませんでした」というフレーズは、この作品の中に幾度となく繰り返されます。それは、愛する人の死後、自らに宿り、際限なく育ち続ける愛を前にした絶句の証しだといってもよいかもしれません。

死を考えるということは、自分が何を愛しているのかを改めて考えることにほかならない、ということをこの作品は教えてくれています。そして、死に直面してみなければ愛をこれほど真剣に考えてみないのも人間であることを思い出させてくれるのです。

しかし、よく考えてみると、人は日々、着実に死に近づいています。ただ、そのことを意識しないだけです。私たちに必要なのは、新しい試練ではありません。今をしっかりと見つめることです。

その結果として起こることは、大事な人に、自分が大事に思っていることを伝えるという単純なことかもしれません。しかし、先の女性は、もう自分の愛を伝え、愛を確かめ合うことができない、と嘆いているのです。

今、私たちは、そうした人のそばに行き、声をかけるということを必ずしも自由にすることはできません。行動にある制限があるわけです。

たとえば、私の母は今、離れた場所で暮らしています。高齢ですから、心配なのですが、会いに行くことができない。そういう近しい人を大事に思っているのであれば、何らかの形で——電話もよいかもしれませんが、あえて手紙でもよいかもしれません——その人たちにおもいを伝えてみる。こうした何気ないことも今、私たちに求められている人生の経験なのではないでしょうか。

人は生きたいようにはなかなか生きられません。そして、自分の大事な人も、生きたいように生きることはできないのです。アレクシエービッチの作品を前にして、感じ直すことがあるとすれば、日頃、私たちが感じているよりも、いっそう深く愛を生きる可能性が開かれている、ということではないでしょうか。

＊

次に皆さんにご紹介したいのは、明治・大正期を生きた、一人の浄土宗の僧です。山崎弁栄《やまざきべんねい》（一八五九～一九二〇）という人物です。浄土宗から光明主義という一派を立て、その時代に大きな存在感を示すことになる彼は、優れた宗教者であるだけでなく、傑出した仏教哲学者でもありました。世界的な数学者である岡潔《おかきよし》（一九〇一～一九七八）は、弁栄と面識はないのですが、その教学から深甚《しんじん》な影響を受けています。弁栄の遺稿集である『人生の帰趣』の第二章「大ミオヤ」の中にある一節を読んでみます。「ミオヤ」は「御親」すなわち阿弥陀如来のことです（引用文は読み易さを考慮し、読点を補いました）。

〔阿弥陀〕如来本居の光明界に進趣すべき予備の修行すべき道場なりと観れば然る時は、現世界は大《おおい》に意義の存することを知るべし。『寿経』に、此土の一日一夜の修行は彼の浄土に於《おい》て、百歳するよりは勝《すぐ》れたり、との説の如き実に深意あるものと思う。

この世は、いずれ赴くであろう彼方の世界（光明界）に向かうための「予備の修行すべき道場」であると弁栄は考えています。準備の場所だから意味がないのではなく、準備をしっかりしなくてはならない。「寿経」に書いてあるように、この世での一日は、彼方の世界の百年に勝るというのです。

「寿経」とは、浄土宗の根本経典の一つ『無量寿経』のことです。その原文にはこう記されています。

心を正し意を正しくして、斎戒清浄なること、一日一夜すれば、無量寿国に在りて、善をなすこと百歳するに勝れり。

（『浄土三部経（上）』中村元・早島鏡正・紀野一義訳註、岩波文庫）

心と意を正しくし、さまざまな戒を守り、身を清くし、一日一夜を生きれば、無量寿の国にあって、百年にわたって善をなすことよりもいっそう意味深い、というのです。

生きるということの意味、そして重みにおいて、この世の一日がこれほど大きなものであることを十分に感じ得ていない、という人が多いのではないでしょうか。もちろん、私もその一人です。

現代人である私たちは、こうした表現を大げさだということもできます。しかし、彼方の世界に行ったことがありませんから、実状も知りません。この世の重みを知らないのです。彼が忠告するように、私たちは毎日をその重みを知らないまま生きているのかもしれないのです。

自分や他者を大切に思う。これとは別に、時そのものを愛《いつく》しむということがあるのではないか、と弁栄はいうのです。先の本で彼は、同質のことをさまざまな形で述べています。

この人生を愛しむ。もう少しだけ近い所に引き寄せて、今を愛しむということにおいて、私たちは何かできることがある。今回の危機は、私たちに「時」とのつながりを取り戻すきっかけを与えてくれているのではないでしょうか。

漫然と過ごすこともできる。しかし、時を味わって過ごすこともできます。私たちは時を何かに、あるいは誰かに捧げることもできる。

先に「時」といいました。「時」と時間は違います。時間は、私たちがどう感じたとしても過ぎ行くものです。しかし、「時」は違う。それは、時間とは異なる手応えとともに私たちのなかに息づいています。

人生を決める大切な出来事の多くは、種子から木になるような、植物的発展を遂げます。しかし、稲妻のように訪れることもある。そうした瞬間も大切にできるように準備をしておかねばならない。人生の大事は、起きないのではなく、受け止めきれないことの方が多いのかもしれません。

科学技術の発展は未来、あるいは太古の時代のことも分かるようにしてくれました。しかし、弁栄が語るのは、今の深みを生きる、ということだと思います。いたずらに未来をつかもうとするのでも、過去に戻ろうとするのでもない。今に何があるのかを突き止めようとするのです。

危機は、日常生活を大きく揺り動かします。しかし、そこから見えてくるものの多くは、新しいものではなく、見過ごしていたものなのです。見ていたはずなのに素通りしたもの、それを今、私たちは取り戻さなくてはならない。そこには自己や他者とのつながりもある。それだけでなく、時間や「時」、さらには人間を超えた存在――弁栄が「仏」と呼ぶもの――との「つながり」もそこに含まれるのだと思います。

*

次に取り上げたいのはシモーヌ・ヴェイユ（一九〇九～一九四三）という人物です。彼女は二十世紀を代表する思想家の一人ですが、生前、彼女の思想家としての存在を知っていた人は、今日から比べればごくわずかです。

今日では、彼女がノートに書いた手記も刊行されています。ですが、その生前は雑誌に論文を発表したことはあっても、著作としては世に一冊も送り出すことはありませんでした。

彼女の師は『幸福論』の著者として知られる哲学者アランです。そして、のちに代表作『重力と恩寵』となる手稿を預かったのはギュスターヴ・ティボンという、フランス思想界である重要な役割を担った哲学者でした。こうした人たちは生前からヴェイユが特異の存在であることを熟知していました。しかし、彼女の言葉や存在が生前に広く知られることはなかったのです。

そうした意味で、世間が彼女の哲学に出会ったのは「遺稿」によってだったといってよいと思います。

今日、読んでみたいのは彼女が一九三四年に書いた『自由と社会的抑圧』という論文です。その二年前、一九三二年にドイツではナチスが第一党になっています。ヴェイユはユダヤ人です。ナチスの政策にある問題をいち早く、また、本質的に彼女が認識したのは不思議ではありません。そうした時代背景を念頭に置きながら、この論文の「序」の冒頭にある一節を読んでみたいと思います。

現代とは、生きる理由を通常は構成すると考えられているいっさいが消滅し、すべてを問い直す覚悟なくしては、混乱もしくは無自覚に陥るしかない、そういう時代である。権威主義的で国粋主義的な運動が勝利して、およそいたるところで、律儀な人びとが民主主義と平和主義に託した希望がくずれさっているが、これもまた、われわれを苦しめる悪の一部にほかならない。悪は、はるかに深く、はるかに広く根をめぐらせる。

（冨原眞弓訳）

この言葉は、今、書かれたとしても、まったく遜色《そんしょく》ないものです。それればかりか、今日の状況の本質を見事に言い当てています。

現代という時代は、まっすぐ生きる意味を考えていったら、混乱に陥ってしまう、そんな時代だというのです。ここでの「生きる理由」という言葉は「生きがい」と置き換えてもよいと思います。

生きる意味、あるいはその根本の理由、そしてその実感を求めようとすると混乱に陥るような時代に問題がないはずはありません。

さらに、こうした時代には権威主義と国粋主義のような極端な考え方がはびこり、根を張って、民主主義や平和主義というような考えに基づいて他の人々と共に生きていこうとする人たちは、だんだんと辺境に追いやられていく、とヴェイユはこの長文の論考の最初にいうわけです。

優れた思想家は、しばしば警告者として世に現れます。ヴェイユもそうした人の一人です。『旧約聖書』の時代ではそうした人は預言者と呼ばれました。ヴェイユが預言者だったといいたいのではありません。そうした大げさな呼称をヴェイユは好まなかったと思います。

しかし、混迷深い時代は、預言的な——すなわちどこか既存の価値観を超えたところから発せられる——言葉によってしか照らし出されない時代の闇を抱えていることは事実です。

たしかに私たちは、大きな危機に立っています。しかし、それはまたとない岐路《きろ》かもしれないのです。そうした思いがなければ、ヴェイユも先のような言葉から自分の論考を始めることはなかったように思います。

ですから、考え方によっては、今、私たちは何か自分の人生、自分の生の在り方というものを再構築する好機に立っているのかも知れません。

これまで、一番難しかったこと、それは立ち止まることでした。そして、自分の立ち位置を確かめることでした。進むことばかりが大事だと思い込み、立ち止まることをおろそかにしてきたのではないでしょうか。

今、私たちは、何か自分たちの理解することのできない、ある力によって立ち止まることを強いられています。こういうときに人は、絶望や苦しみや痛みを覚えるだけではなくて、世界をつくり変えていく何かを得ることができるのかも知れない。ヴェイユはそう考えているのだろうと思います。

ヴェイユは、現状を分析するだけで満足するような人ではありませんでした。彼女の言葉は深い意味で、そして真の意味で、革命的だったと言っていいのだと思います。

それは政治的革命というときの「革命」に留まりません。「革命」という言葉は「天命」が革《あらた》まることを意味します。もっとも大切にされている何かが一新されるというのです。

もう一つ、ヴェイユの言葉を読んでみたいと思います。『根をもつこと』という彼女の主著と呼んでよい、大部の著作にある言葉です。この本でヴェイユは「霊性」という言葉をめぐって次のように述べています。

霊性といったたぐいの語を細心の配慮もなく公的領域に放りだし、その信憑性を失わせるのは、とりかえしのつかない悪をおこなうにひとしい。これらに類するものが出現しうるという希望の残滓《ざんし》をことごとく弑《しい》するからだ。

（冨原眞弓訳）

「霊性」とは人間を超えた大いなるものに向き合う姿勢や態度を意味する言葉です。ヴェイユにとっての革命とは、霊性のありようが根本から変わることにほかなりません。だからこそ、この一語は、政治家の宣伝文句などで用いさせてはならない。それはほとんど「悪」に等しいものをはびこらせることになる、というのです。「性」という言葉は「はたらき」と「状態」を意味する言葉です。「霊性」とは「霊」のありようを指す、ということになります。

もちろん、ここでの「霊」は、幽霊や心霊というときのそれとはまったく関係がありません。それは「いのち」という言葉と共鳴するものです。ヴェイユにとって「革命」とは、「いのち」の認識が百八十度変わることにほかなりません。ヴェイユの哲学的悲願は、こうした人間存在の深部に直接関係する「いのちの革命」だったと思うのです。『根をもつこと』には次のような一節もあります。

根をもつこと、それはおそらく人間の魂のもっとも重要な欲求であると同時に、もっとも無視されている欲求である。また、もっとも定義のむずかしい欲求のひとつでもある。

根をもつこと、それは人間の魂の目覚めにおいて、欠くことのできない、もっとも大切な営みであるにもかかわらず、その意味と実践は、もっとも見過ごされている欲求でもあるというのです。現代人とは、重要なものから順に見過ごしてしまう、そうした場所に生きている、とヴェイユはここでも警告を発するのです。

『根をもつこと』という著作の原題は*L'ENRACINEMENT*です。これは文字通りの意味で「根を張ること」「根をもつこと」を意味するフランス語です。

先に弁栄のところでもふれましたが、ヴェイユもまた、人間の精神の深化を植物的にとらえているのだと思います。植物は、上方にむかって育つだけではありません。そのためにはしっかりと根を張らなくてはならないのです。

この世には、同じ花は存在しません。同じ種類の花はありますが、まったく同じ花など存在しません。自然はいつも、世にただ一つのものを生む。しかし、人間がそこにいつも固有の意味を感じられるかどうかは別の問題です。

「根をもつ」こともまた、誰かに代わってもらうことはできません。それぞれの花が自分で大地に根を張らなくてはならないように私たちもまた、自分でこの人生という大地に根を張らなくてはならない。

しかし、現代社会では、こうした代替不可能な営みまでもが、気が付かないところで、誰かの手に預けられているという印象があります。それはどこかにすでに「答え」があり、それが与えられるのを待っているように感じられることもあります。こうした精神性に生まれたのがファシズム（全体主義）だったのです。

幸福も希望も生きがいも、それぞれ個々別々なはずです。そして、それぞれが見つけ出さなくてはならない。それにもかかわらず、こうしたものさえ、どこかで売っているかのような世界を作ってしまったのかもしれないのです。世にただ一つのものを取り戻す、それが今、私たちの眼前にある問いなのかもしれません。

＊

次に読みたいのは、鴨長明《かものちょうめい》『方丈記』です。中学生、あるいは高校生の教科書に必ずといってよいほど取り上げられる作品です。記憶をよみがえらせるために冒頭を読んでみます。

ゆく河のながれは絶えずして、しかも、もとの水にあらず。よどみに浮かぶうたかたは、かつ消え、かつむすびて、久しくとどまりたるためしなし。世の中にある人と栖《すみか》と、またかくのごとし。

河の流れは絶えることがなく、同じ水がある、ということもない。よどみに浮かぶ水泡はあるときは消え、あるときは生まれ、けっして止まることがない。世の中にある人、あるいはそのすみかもまた、同じことわりのなかにいる、というのです。

学生時代、この一節を覚えさせられました。世の中にあるさまざまなものは、実はいつか消えてしまう空しいものである。『方丈記』はそうした世の理を描きだした「無常」の文学である、などとテストに書いた記憶があります。

そう書いたものの高校生の私が「無常」とは何かを理解していたわけではありません。「無常」という言葉は答案用紙に書く一つの記号でした。

この本は、これまでもしばしば、脚光を浴びることがありました。東日本大震災のときも読み直されました。戦後『方丈記』を読み直して『方丈記私記』という作品を書いた堀田善衞《ほったよしえ》という作家もいます。ある意味では、危機のときに新しい意味を伴って新生する古典だといえるかもしれません。

今回の大きな危機に際して私もある日、この本に自然と手が伸びました。しかし、改めて読んでみると、かつて感じていたこととまったく異なる手応えがあったのです。

この本は、たしかに「無常」とは何かも描き出しています。しかし、それはいくつかある問いの一つにすぎません。

人は無常に抗《あらが》うことができない。無常を前にすれば、ほとんどのことは虚しく感じられることもある。しかし、鴨長明が描き出したいと願ったのは、無常のなかにある「常なるもの」ではなかったかと思うのです。

無常に包まれた日常の奥に潜む「常なるもの」、すなわち、過ぎ行かない永遠の「時」に私たちを導くもの、どうにかしてそれに出会いたい。『方丈記』の筆を進めるとき、長明の心中にあったのは、そんなおもいだったように感じられるのです。読み直してみて、これまではまったく気がつかなかった、しかし、この作品の本質につながる言葉に出会いました。

次に引く場面は、疫病が広がり、そのあとに飢饉《ききん》が襲うという苛烈《かれつ》な状況下で長明が街で目撃したある夫婦の姿です。

さりがたき妻、夫持ちたるものは、その思ひまさりて、深きもの、必ず先だちて死ぬ。その故は、我が身は次にして、人をいたはしく思ふあひだに、まれまれ得たる食ひ物をも、かれに譲るによりてなり。

深く愛したがゆえに別れがたい妻、別れがたい夫を持つ者は、その愛するおもいが深い方が先に亡くなってしまう。それは、ごくまれにしか手にできなかった食べ物も、深い情愛ゆえに、愛する伴侶に手渡してしまうからだ、というのです。

とても悲しく、苦しい、痛ましい出来事です。こうしたことを長明は一度ならず目撃したのかもしれません。しかし、ほとんど奇跡的といってよいほどに貴《とうと》い行いでもあります。ここには、荘厳《しょうごん》という言葉をもって語りたいほどの心の輝きが記録されています。

人は、試練を生きることによって、その証人となることもできる。しかし、それを生き抜くことができなかった人のなかに愛の証人《あかしびと》が隠れているかもしれないのです。

今は、世の中に起こっている現象は、画像や音声によって簡単に記録することができます。しかし、そうした記録では伝えられない、目に見えず、言葉にもならない「意味」もまたあります。

『方丈記』を書く長明の眼は、じつに的確に働いていました。しかし、同時に目には映らないものをも逃すまいとして筆を執《と》ったのだと思うのです。

この危機を私たちは生き抜くだけでなく、その意味を語り継いでいかなくてはなりません。もしかしたら、先の夫婦とは姿は違っても、その本質において強く響き合う、愛の軌跡が、現代にもあるかもしれません。

＊

さて、最後に取り上げたいのは、内村鑑三《うちむらかんぞう》（一八六一〜一九三〇）です。彼は、近代日本を代表する思想家であり、宗教者です。二〇二〇年で没後九十年になります。

彼はキリスト者ですが、カトリック、プロテスタントのどちらの教会にも属しません。彼は無教会という立場を取ります。人間と神は、教会を媒介にしなくても直接、関係を持ち得る。現代は、そうした道を歩くべきだと主張したのです。

彼は教会を否定したのではありません。むしろ、その意味とはたらきを深く理解していました。しかし、そのいっぽうで、教会に依存しない信仰の在り方もあってよいと考えたのです。

内村鑑三の影響はじつに広く、分野を超えて浸透しました。無教会運動を直接的に継承した塚本虎二、藤井武といった人はもちろん、戦後の日本において精神的、教育的指導者となり東京大学の総長も務めた南原繁、矢内原忠雄といった人は、内村の直弟子といってよい人です。

あるいは、志賀直哉や武者小路実篤、あるいは有島武郎といった、のちに白樺派を形成する文学者には多大な影響のあとがあります。そのほかにも正宗白鳥、小山内薫といった作家、劇作家も若き日、内村と出会って人生が変わりました。『生きがいについて』を書いた神谷美恵子もその師である三谷隆正を通じて内村の血脈を継いでいます。また、民藝運動を牽引《けんいん》した柳宗悦《やなぎむねよし》も若き日に内村に出会った衝撃をのちに語っています。

彼の最初の著作であり、おそらくもっとも重要な著作の一つでもある『基督信徒のなぐさめ』という本に次のような一節があります。

この本は、内村が経験しなくてはならなかったさまざまな試練をどのように生きぬいたか、ということを語った精神的な自叙伝のような作品です。

事業とは我らが神にささぐる感謝のささげ物なり、しかれども神は事業に勝るささげ物を我らより要し賜うなり。すなわち砕けたる心、小児のごとき心、有

のままの心なり、汝今事業を神にささぐる能《あた》わず、ゆえに汝の心をささげよ、神の汝を病ましむる、多分このためならん、

ここでいう「事業」というのは、現代でいうような「ビジネス」を意味しません。広く人間が行う「営み」あるいは「行い」を意味します。もちろん、ここでは「よい営み」であることが暗黙のうちに含意されています。

しかし内村は、神はそうしたよい営み、よい行いだけをもとめているのではない、といいます。むしろ、それに勝るものを求めている。それは苦しみと悲しみのために「砕けたる心」、子どものように神の助けをもとめずにはいられない心である、というのです。

さらに内村は自分に向かって「お前はあまりに深く傷ついた。『事業』と呼べるようなものを神にささげることはできない。だからこそ、ありのままの心をささげよ。むしろ、お前が病にあるのは、神がお前の心を求めているからなのだ」と呼びかけるのです。

今、私たちもまた、さまざまな理由のために、心が砕かれているのではないでしょうか。しかし、内村はそうした心をこそ愛《いつく》しめといいます。それだけでなく、神に贈る高貴なささげものにするがよい、と語るのです。

人は、世にいう「よい」ときの自分を好み、そうではないときの自分から目を背けがちです。しかし、神の眼から見たとき、試練にあるときの心ほど美しく貴いものはない、ということも内村は私たちに伝えようとしているように思われてなりません。

＊

二回にわたってさまざまな人物の言葉をめぐって、今、直面している問題を感じ直してみました。

先人の言葉は、危機のとき、かけがえのない対話の相手になります。しかし、私たちは、他者から言葉を受け取るだけではなくて、自分で言葉を書くこともできます。本当に必要な言葉は、人は自ら書くこともできる。さらに言えば、自ら書く言葉こそ、本当に必要なのかも知れない、とも思うのです。

先人や同時代人の言葉を読むのも意味深いことです。しかし、そのために自己との対話を忘れてはもったいないことになります。書くことは、もっとも深いところで行われる自己との対話です。

ですから、この苦しい日々、皆さんがもし本を読むだけではなくて、書くことも始めていただくと、より素晴らしいのではないかと考えてもいるのです。

言葉とのつながりは読むことだけでなく、書くことによっても深まります。思うままを素樸《そぼく》な言葉で書いてみる。そこに未知なる自己の片鱗《へんりん》を見つけることができるかもしれないのです。

3

いのちを守る

いのちを
守らねばならない
でも

いのちが
何であるかが

分からなければ
それを守ることも
できないだろう

いのちは
人々がいう生命を
まるごと包んでいる

人間は
目に見える
身体だけでなく
こころで　誰かと

つながろうとする

わたしたちは皆
どこかで
いのちを感じている　だから

こんなに不条理と不平等が
渦巻く世界で
人間は平等である　とか
尊厳がある　と
語ったりもする

わたしたちは生命とは別の
いのちと呼ぶほかないものを
生きている

そうでなければ
自分はもちろん　誰かを
愛することもなく
大切な人を念《おも》って　そっと
祈ることもないだろう

いのちと経済をつなぐもの

世界は存在している。このことは疑いえない。しかし、それをどのように認識しているかとなると百人百様である。

同じ花を見ても、人は同じようには認識しない。その人の価値観によって世界をとらえ直している。事実は存在する。だが事実は、解釈された途端にその純度が失われていく。

シモーヌ・ヴェイユというフランスの思想家がいる。三十四年の生涯で、本を世に送ることなく亡くなった。ヴェイユは一九〇九年にフランスで生まれ、一九四三年、ファシズムからの迫害を逃れたイギリスで客死した。

だが没後数年で、彼女の遺稿は次々と出版され、没後七十七年を経過した今なお、その言葉は読まれ続けている。遺稿集『重力と恩寵』（田辺保訳）には、世界認識をめぐって次のような一節がある。

この世の現実は、わたしたちがわたしたちの執着をもってつくり上げたものである。それはあらゆるものの中に、わたしたちが運びこんだ〈われ〉の現実である。そんなものは全然、外部の現実ではない。外部の現実は、まったく執着を離れたときに、やっと感じとられるのである。

彼女の言葉はほとんどすべて、時代の危機のなかでつむがれた。混迷深き今、彼女の言葉がよみがえってくるのは自然なことなのかもしれない。

「コロナ禍」という言葉がある。「禍」は、災い、災難を意味するのだが、そこには「脅威」という語感も漂っている。

危機のとき、私たちは、否応《いやおう》なく世界認識の多様性を経験することになる。ある人は、人間の生命が最重要だという。だが、ある人は、生命も大切だが、経済も重要だという。

どちらの言い分も理解できる。だが、当然ながら、生命を犠牲にした経済発展など許されてはならない。経済のために生命があるのではない。経済とは、生命活動を支える、いくつかある道程の一つだからだ。

だが、「生命」と「経済」が、分かちがたく結びついているのも否定できない。私たちはもっと現実的に考えねばならないのだろう。私たちはそろそろ「生命」か「経済」か、という二者択一という視座を手放してよいのではあるまいか。「生命」と「経済」の双方を支えているものを見出し、そこを強固にする可能性をさぐることこそが急務なのだ。

「生命」と「経済」をつなぐ何ものかをここでは「いのち」と呼ぶことにする。それは人間の存在における平等と尊厳の根拠となる不可視な、しかし、確かに存在するはたらきでもある。

日本国憲法も、他の国と同じように基本的人権をうたう。この点において人間は平等であるとも考えられている。それを成り立たせるのが「いのち」だ。

しかし、現実社会は、平等という言葉が空々しくなるほど不平等に満ちている。誰もが蔓延する感染症からわが身を守りたい。家にいることがそれを実現するなら、そうした生活をしたいと願わない人はいない。しかし、現実には、今、この瞬間も、こもる家がなく、路上で暮らしている人たちがいる。

どうしたら自分が災難を生き抜けるかを考えることもできる。だが、どうしたら「弱い」人たちとともに生き抜けるかを、考え、実行することもできるのではないだろうか。

私の「生命」、私にとっての「経済」を語るのもよい。

しかし今、求められているのはいかにしてその「私」という領域を超えていくかではないのだろうか。「いのち」は個々の人間に宿っていながら同時に他者に開かれている。人は「いのち」があるからこそ、人を愛し、信頼し、慈しむ。

おそらく、今、私たちが熟慮しなくてはならないのは、いかに他者を愛するかではない。それ以前に、自分の気が付かないとき、気が付かない場所で、いかに他者の愛を受け止めているかである。

家にこもる人がいる一方で、それを支えるようにして日々働いている人たちがいる。食べ物や日用品をつくる人、それを運ぶ人、販売する人。医療従事者はもちろん、警察官や消防士、あるいは役所などで公的な仕事に従事する人。こうした人たちのはたらきが、いかに重要であるかを私たちは痛いほどに感じている。

こうした人たちのはたらきがなければ、私たちの「生命」も「経済」もその根底から崩れ去っていくだろう。

愛を世に送る人は、自分が愛の使徒であることを知らない。それゆえに貴い。

愛の使徒、それは私たちに存在の根源とは何かを教えてくれる「いのち」の使徒でもある。「いのち」とは、尽きることない愛の源泉にほかならないからである。

愛に渇く

新型コロナウィルスの脅威が、世界を席巻している。このウィルスは、未知であるだけでなく、当初、伝えられていたよりも深刻な問題を突き付けている。身体の健康に関することはもちろんだが、このウィルスによって私たちは今、生活のありようだけでなく、心のありようまでを変えなくてはならなくなっている。

感染を防ぐために、私たちが求められているのは、近づかないこと、触《さわ》らないこと、交わらないこと、群《む》れないことだ。

たとえば、今、人と会うときも二メートルほどの距離を保つことを推奨されている。手を握ることも抱き合うこともできない。催しをすることもほとんど「禁止」されている。デモのような行動をすれば、即座に社会に裁かれるだろう。

「触る」と「触《ふ》れる」、漢字で書くとあまり違いが分からないが、ひらがなにしてみるとその差異が浮かびあがってくる。

「さわる」という言葉は、何かに触覚的に接触することを指す。もちろん、「ふれる」という言葉にもそうした意味はある。だが、その一方で私たちは「心にふれる」「心の琴線にふれる」ともいう。

「さわる」が接触的なのに対し、「ふれる」には非接触的な語感がある。むしろ、「ふれる」という表現は、「さわる」ことができないものの存在を感じようとする試みを指すようにさえ感じられる。私たちは、人の声にふれる、とさえいうことがある。

今、私たちは、大切な人の手に「さわる」ことができない。しかし、だからといって相手の心に、あるいは魂に「ふれよう」とすることまで諦めてしまったら、この世界は根底から崩れ去るだろう。

「さわる」ことを基軸とした世界から、「ふれあう」世界へと移行していかなくてはならない。

かつては私たちは、気の合う人、価値観を共有できる人たちとの交流に明け暮れていた。「交《まじ》わる」ことで互いの信頼を確かめ合っていた。だが、私たちは今、そうすることもできない。

「さわる」と「ふれる」が似て非なるものであるように、「まじわる」と「つながる」も無視できない違いがある。

「さわる」がそうだったように「まじわる」も接触的だが、「つながる」は、しばしば、非接触的だ。

たとえば、「彼はあの人とつながっている」というとき、私たちが感じるのは身体的というよりも精神的な、通常は目に映らない結びつきではないだろうか。それは公的な関係というより個人的な何かであるという語感がある。

「まじわる」ことができない今、私たちそれぞれが、「つながり」を深めていかなくてはならない。

同様のことは「むれる」と「つどう」にもいえる。

「むれる」は「群れる」と書くように、大人数が群《むれ》をなすことを意味する。一群の人々という表現もあるが、そこではもう個々の人間の姿は消えかかっている。群と化したとき、人はしばしば個の良心を失う。一人でいるときにはけっして口にしないような言葉を発することさえある。

「つどう」とは、必ずしも同じ場所に群集することを指すのではない。人は、異なる場所、異なる時間に何かを行っても、「おもい」によって「つどう」ことができる。「つどう」ことをギリシア語では「エクレシア」という。この言葉はのちに、「教会」を意味するようになる。

近くにいる人たちと「さわる」「まじわる」「むれる」のではなく、離れた場所にいる人と人が、「ふれる」「つながる」「つどう」を実現する。このときに頼みになるのは、言葉だ。

かつて、私たちは大切な人が困難にあるとき、沈黙のうちに傍《かたわら》にいて、その苦しみに寄り添うことができた。しかし、今はそれもできない。だからこそ、それを補って余りある営みを言葉によって実現しなくてはならない。

先にふれた「教会《エクレシア》」はもちろん、キリスト教の教会である。今は世界各国に大きな聖堂があるが、イエスの時代はもちろん、原始キリスト教団の時代にはそうした建物はなかった。存在したのは堅固な建造物ではなく、イエスから伝えられた言葉と、胸に燃えるような信仰を秘めた人々、そして、ローマ帝国による迫害を共に生き抜こうとする祈りにも似た「おもい」だけだった。

「おもい」という言葉も、改めて漢字で書き分けてみると、多様な側面があることに気が付く。

「思い」「想い」「恋い」「惟い」「顧い」「懐い」「忖い」「憶い」そして「念い」。調べればさらに多くの「おもい」を感じ分けることができるだろう。

これまで私たちは「思考」と「想像」あるいは「回顧」を表現するために言葉を用いてきた。しかし、これからは「祈念」や「念願」につながるようなさらなる「コトバ」との関係を深めていかなくてはならない。

哲学者の井筒俊彦は、言語としての言葉とは別に、それを包み込む大きな、非言語的な意味の顕《あら》われを「コトバ」と呼んだ。言葉とコトバは、対立する関係にあるのではない。はたらく領域は、コトバの方がはるかに大きく、言葉を包含している。コトバなくして言葉はありえない。井筒は、もっとも豊穣なコトバは沈黙であると考えた。沈黙なきところには声も生まれないことが、その関係を象徴している。

言葉の世界こそが真の世界だと信じてきた現代人は「思い」を言葉によって語ることに忙しく、「念《おも》い」をコトバによって感じ、分かち合うことが不得手になっている。

キリスト教は言葉を重んじる。もちろん、キリスト教における「言葉」は、ほとんどの場合、井筒のいうコトバだ。さらにいえば、キリスト教はコトバの宗教だといってもよい。

『新約聖書』の「ヨハネによる福音書」の冒頭の一節は、キリスト教とコトバの関係を如実に伝えている。

初めにみ言葉があった。

み言葉は神とともにあった。
み言葉は神であった。
み言葉は初めに神とともにあった。

（1・1－2　フランシスコ会聖書研究所訳注、以下同）

神はコトバとなって世にはたらく、というのが「ヨハネによる福音書」の中核をなす信仰告白だといってよい。世にあるすべてのものに、存在と意味を付与する、根源的なはたらきそのもの、あるいは言語とは異なる姿をしつつ、万物を在らしめる根源的なはたらき、それがコトバにほかならない。先の一節は次のように書くこともできる。

初めにコトバがあった。
コトバは神とともにあった。
コトバは神であった。

コトバは初めに神とともにあった。

キリスト者にとって信仰とは、神はコトバとして存在し、コトバとしてはたらくということを受け入れることだといえる。

だが、人間は、コトバが「神」のはたらきであることを理解できなかった。先に引いた一節の少し後には、こうした文字が記されている。

み言葉はこの世にあった。
この世はみ言葉によってできたが、
この世はみ言葉を認めなかった。
み言葉は自分の民の所に来たが、
民は受け入れなかった。

（1・10－11）

コトバは、あるとき、神の子イエスとなってこの世に顕われた。しかし、人はイエスを神であるとは認識できなかったばかりか、十字架にかけて処刑した。コトバは、必ずしも人が予想するような姿をしているとは限らない。

通常、言葉は、文字と声によって感覚される。だが、コトバは、古人が心眼《しんげん》と心《しん》耳《に》と呼ぶものによってしか感じ取ることができない。『無量寿経』には「天眼」「天耳」という表現もあるが、同質のことが語られているのだろう。目をつむり、眼を開き、耳ではなく、天耳をそばだてなくてはならない。

先にコトバとは万物に存在と意味を付与するはたらきだと書いたが、別な言い方をすれば、コトバによって万物は生かされている、ともいえる。コトバなしに人は一瞬たりとも生きていくことができない。

渇いた身体が聖なるコトバを全身で希求すること、自己の内なる渇きをはっきりと認識すること、それがキリスト教の説く信仰の原点だ。「ヨハネによる福音書」には「渇く」という言葉をめぐって次のような記述もある。

イエスは答えて仰せになった。
「この水を飲む人はみな、また喉が渇く。
しかし、わたしが与える水を飲む人は、
永遠に渇くことがない。
それどころか、わたしが与える水は、
その人の中で泉となって、
永遠の命に至る水が湧き出る」。
（4・13―14）

ここでの「水」はコトバと同義である。神のコトバである「水」をわが身に摂《と》り入れるとき、人はけっして渇くことがない。そればかりか、この「水」となったコトバこそ、私たちを「永遠の命」へと導く、この福音書はそう語るのである。

言葉に渇く

心が渇く、という言葉がある。

そう書きたくなる実感を経験した人も少なくないだろう。世界から色が失われ、希望も慰めも見失われた状態を指す。

渇くとき、私たちは、さまざまなものでそれを癒そうとする。だが、なかなかうまくいかない。むしろ、渇きが大きく、深くなることすらある。だが、この表現は、人が慰めを失った状態を意味するのではない。その文字の奥には、この世には真に心を癒し得る何ものかが存在する、ということも同時に暗示している。

コロナ禍で私たちはさまざまな危機を経験した。身体的、経済的な危機だけでなく、精神的な、さらにいえば古《いにしえ》の宗教者たちが語ってきた霊的な危機、霊性の危機にも直面したのではないだろうか。

『新約聖書』において「渇く」という言葉は、ある特別な役割を担っている。「ヨハネによる福音書」によれば、イエスが十字架上で亡くなるとき、最後に口にしたのも「渇く」という一語だった。

その後、イエスは、もはやすべてが成し遂げられたことを知って仰せになった、「渇く」。こうして、聖書の言葉は成就した。

（19・28　フランシスコ会聖書研究所訳注、以下同）

ここでの「聖書」は、今日でいう『旧約聖書』を指す。イエスにとっての「聖書」が『旧約聖書』であること、さらにキリスト教にとっても『旧約聖書』は今も、聖典であることは、改めて記憶しておいてよい。

聖典とは、けっして古くなることのない言葉、新生し続ける言葉にほかならない。聖典の言葉は動かない。だが、それをどう理解するかは、時代や文化によって異なる場合がある。

もちろん、キリスト教であれば、イエスが神の子であり、神そのものである、という信仰は動かない。しかし、イエスがどのように生きたかの認識は決して一様ではない。むしろ、そこにその時代、その文化に呼応した霊性が生まれる。

霊性とは、神を求める態度であると言い換えることもできる。その姿勢に差があるということは、そこに優劣があることを意味しない。

教皇フランシスコを育んだイエズス会、トマス・アクィナスを生んだドミニコ会、ある意味ではイエズス会と対極にあるフランシスコ会など、カトリック教会には、無数の修道会がある。

その数は、神も知らないという冗談めいた発言も耳にしたことがあるが、そもそも霊性は多様であることを本性にする。そして、その多様性は、その淵源である超越者が無限の開けをもった存在であることを示してもいる。

「霊性」という日本語は、今なお、十分に定着したとはいえない。鈴木大拙の『日本的霊性』という著作がよく知られていて、大拙に由来する、と発言する人もいるが事実ではない。この言葉は、明治期からすでにあり、日本に定着させたのは、広い意味でのキリスト者たちだった。そこにはもちろん、カトリックの司祭もいる。同時にプロテスタントの植村正久や無教会運動を率いた内村鑑三といった人物のはたらきも小さくなかった。

戦前期まで「霊性」という言葉はカトリックのなかでもしばしば用いられたが、今日の状況は必ずしもかつてのようではない。

しかし、昨年来日した教皇フランシスコの文章を読んでいるとしばしば「霊性」という言葉に出会う。それは彼を理解する鍵語の一つだといってもよい。

彼が全世界のカトリックのキリスト者に送った公的書簡である使徒的勧告『福音の喜び』には次のような一節がある。教皇は「祈りながらみことばを読む集まり、永久聖体礼拝の集いが増えているのをたいへん喜ばしく思います」と書いたあとこう続けた〔鉤括弧のなかの言葉は、教皇ヨハネ・パウロ二世の使徒的書簡「新千年期の初めに（二〇〇一年一月六日）」にある一節が引用されている〕。

同時に、「内向きで個人主義的な霊性への誘惑は退けなければなりません。それは、愛から来る要求や、いうまでもなく受肉の意味とも相いれないものだからです」。ある祈りの時間が、宣教に生をささげようとしないことの口実となる恐れがあります。自己の内面にしか目を向けようとしない生のありかたは、キリスト者を偽りの霊性に逃げ込ませることへとつながりかねないからです。

人との交わりの意味を見失った「個人主義的な霊性」を教皇は「偽りの霊性」だというのである。霊性は、人と神を結ぶだけでなく、人と人との関係を強める。そして、霊性のはたらきは、私たちの目を「内面」だけに向けるのではなく、世のありかたそのものへと開いていく。教皇は、祈りを軽んじているのではない。人々のなかにあって祈れ、と呼びかける。

先に引いた「ヨハネによる福音書」に「聖書の言葉は成就した」という一節があった。イエスの生涯とは、「聖書」の言葉を成就する道程にほかならない、という信仰は、この福音書だけでなく、他の三つを含めた、すべての福音書を貫いている。私たちもまた『旧約聖書』——先の一節にあった「聖書」——をひもとくことで、イエスがその生涯で何を語り、体現しようとしたのかを考えることができる。「渇く」という言葉は『旧約聖書』でも、高い象徴性をもって用いられている。たとえば、『詩篇』には次のような一節がある。

彼らはわたしに食べ物として毒草を与え、
喉が渇いたわたしに酢を飲ませようとしました。
（69・22）

ここでの「渇く」が、ある象徴性を帯びたものであることは一読して明らかだ。それは何かを渇望することにほかならない。

日本語には「渇望」と似て「渇仰《かつごう》」という表現もある。もともとは仏教の言葉で、水に渇いた者のように、一心に仏を求めることを指す。先に見た「ヨハネによる福音書」と『詩篇』の言葉も、キリスト教における「渇仰」の表現だ、と考えることもできるだろう。「渇く」という言葉は、魂の底から出た「神よ」という熾烈《しれつ》に一者を求める言葉だったのではないだろうか。

先の一節にあった「毒草」もまた、象徴の表現である。人は、肉体を維持するために食物を摂取する。それと似て、私たちは自分の心を養うために言葉を探す。「言葉」――すなわち「言《こと》の葉《は》」――という文字が示しているように言葉は、どこか食物に似ている。

それは食物になり、また薬草になる。また、あるときは花を伴い、慰めの使者になる。「毒草」とは、逆の働きをなすものだろう。「ルカによる福音書」では、人々が、十字架にかけられたイエスを嘲笑する姿が描き出されている。ここにある「酸《す》い」という言葉は先に見た『詩篇』にあった「毒草」と強く呼応する。

民はそこに立って見ていた。議員たちもあざけって言った、「あの男は他人を救った。もし神のメシアで、選ばれた者なら、自分を救うがよい」。兵士たちもイエスに近寄ってきて、酸いぶどう酒を差し出し、なぶりものにして言った、「もしお前がユダヤ人の王なら、自分を救ってみろ」。イエスの頭の上には、「これはユダヤ人の王」と記した札があった。

（23・35―38）

「薬草」が人の体だけでなく、魂をも癒す「言葉」であるとしたら、「毒草」とは、神との関係を蔑《ないがし》ろにする言葉、あるいは神を試そうとする言説だといえるのかもしれない。

こうしたことは私たちの日常においても起こり得る。ある人が、懸命に何かをなすのを見て、意味をよく理解できないまま失笑する、そんなことは誰にも経験があるのではないだろうか。私たちはもっと慎重に生きてよいのだろう。気が付かないうちに「毒草」の種を世にまいているのかもしれないからである。

言葉の護符

今、世界は未知なるウィルスの脅威におびえています。素朴なことですが、とても重要な体を守る方法のいくつかを私たちはもう知っています。

しかし、人は体だけで生きているのではありません。体が危険にさらされるとき、それを引き受けるのは心です。

身心一如《いちにょ》という言葉があるように、体と心は一つです。だからこそ、こうしたとき、私たちは体を守るのと同じように心を守らねばなりません。

体を守ることだけに懸命になると、心が消耗してしまいます。体を守るために私たちは食物を摂《と》り入れ、休息の時間を持ちます。

同質のことを心にもほどこさなくてはならないのです。心の糧、それは言葉です。清浄な水と栄養豊富な食べ物を摂取するように、たしかなはたらきをもった言葉を心に注ぎ込み、やはり、十分な憩いのときを持たねばならないのです。

どこからかやってくる不安や恐怖から私たちを守ってくれるのは言葉であることは、私の経験でもありますが、このことには昔の人も気が付いていました。

哲学者の井筒俊彦は、『コーランを読む』という本のなかで、中世のユダヤ人は『旧約聖書』の『詩篇』にある多くの言葉を書きうつし、それを「お守りとして使ってきた」と述べています。

ある人は部屋に貼り、ある人は小さな紙を身に着けていたのでしょう。言葉は、思いを伝達する道具であるだけではありません。私たちを苦難から守る見えない盾でもある、というのです。

このことを私たちは今行ってもよいのではないでしょうか。自分を慰めてくれる言葉、力をくれる言葉、そして支えてくれる言葉を自分の手で書き、見えるところに貼ったり、手帳や携帯電話といったものを通じて日々目にするようにしてもよいかもしれません。

『詩篇』は、文字通り詩の姿をしたユダヤの人たちの聖典です（『旧約聖書』はキリスト教の聖典でもありますが、この話は別なところで）。『詩篇』には、嘆きと悲しみの言葉が多く記されています。それを読んでいると、かつてのユダヤ人はどうしてこれほどの苦しみを背負わなくてはならなかったのかと目を覆いたくなることもあります。

しかし、もう少し注意深く読んでみると、その嘆きの声の奥には、民衆の嘆きをしっかりと受け止める神が感じられているのが分かります。

ユダヤの人々は、大きく嘆く。そこには神に見放された絶望があるのではないのです。どんなに大きな悲嘆であってもけっして受け流すことのない大いなる存在への絶対的な信頼があります。『詩篇』にはこんな一節があります。

主は仰せになる、
「哀れな者のすすり泣きと、
貧しい者の呻《うめ》きの故に、
今こそ、わたしは立ち上がり、
脅《おど》された者を安全な所に置こう」

（12・6　フランシスコ会聖書研究所訳注）

人の目に映らないところでひとりすすり泣き、うめく者たちの声にならない「声」も、神の耳に届かないことはない。神は、強き者たちに力を注ぐだけではない。弱い者にも寄り添い、その者たちが真に安堵《あんど》できる場所へと導いてくれる、というのです。涙し、嘆き、誰もいないところでうめくことこそ、もっとも真摯な神への呼びかけ、この上なく純粋な祈りだというのでしょう。

世界には「弱い者」になってみなくては、けっして見えてこない場所があります。そこで人は、朽ちることない希望を見出し、人間を超えた何ものかと出会うのです。

仕事

誰かにではなくて
あなたに
言葉を届けるのが
仕事なのに

あなたが

どこにいるのかが
わからない
だから

わたしは
言葉を
つむぎ続ける
たとえ

あなたがまだ
この世に
生まれて

いなかったとしても

おわりに

本書第二部の最初に収めた「遅れてきた新学期」という一文は、いわゆる作品ではない。この時期に勤務先の大学で行われた二つの講義の最初に、聴講する学生たちに送った手紙がもとになっている。大学内の事務的なことがらに関する部分は削除したが、本文はほとんどそのままである。

講義ではテクストとして、内村鑑三の『代表的日本人』（鈴木範久訳）とヴィクトール・フランクルの『それでも人生にイエスと言う』（山田邦男・松田美佳訳）を取り上げた。

前者は、これから求められるであろう「弱いリーダー」「弱さのちから」とは何かを語る現代の古典だといってよい。原著は英語で書かれ、初版は一八九四年、日清戦争が起こった年に刊行されている。

後者は、一九四六年、フランクルがナチス・ドイツの強制収容所から解放された翌年に行われた三つの講演からなっている。フランクルは人生を意味あるものにするのは苦悩と愛であるという。だが、その背骨になっているのは限界状況を生きる「弱さ」の叡知と呼ぶべきものにほかならない。

叡知は、情報でもなければ知識でもない。似て非なるものである。情報や知識をどんなにため込んでもそれが叡知に変貌することはない。「弱く」ある人間を真の意味で「強く」するのも叡知である。

講義では「強さ」とは、盾をもって突進していくようなものであるよりも、誰かと「弱さ」を分かち合うところに生まれる一つの出来事であることを伝えたいと思った。

その試みがどれほど実現できたかは、まったく心もとない。しかし、若者たちが誰から聞いたのかも忘れたころ、辞書の上では相反する「弱さ」と「強さ」も、人生においては分かちがたく結びつき、互いに補い合うものであることを認識し始めてくれることを願っている。

語るべき問題があまりに大きく、自らの非力では到底伝えられまい、そう思ったとき、近くにあった紙に詩のような言葉を書いた。

作品としては未熟であることを免れないから本文には収めなかった。だがやはり、この本の片隅において、世に送り出したいと思う。

弱くあること

もっと強く
なりなさい
世間は　きっと
そう言うでしょう

でも本当に
学ばなくてはならないのは
弱くなること
弱くあることなのです

世の多くの人たちが
大きな声で笑うときも
声を出さずに
泣いている人もいるのです

そんな人に
そっと　よりそい
だまって　横にいられる
そんな人になってください

本は「作る」ときよりも「生まれて」くるときの方がよい仕事ができる。しかし、そうした一冊は、予告なきいのちの誕生のようなもので、そこに携わる人には大きな負荷がかかる。この一冊が形になったのは、そうした困難を乗り越えるだけの力量を持った専門家たちのチームだったからだ。

編集は内藤寛さんが担当してくれた。内藤さんとは四冊の詩集を含め、これで十二冊目になる。彼とは多くの仕事をしただけではなく、いつも何らかの「新しい」仕事をすると決めている。この一冊もこれまでのルールに反しないものであることを願っている。

校正・校閲は、牟田都子さんが担当してくれた。原稿が本になるのは、素材が料理になるのに似ている。このとき書き手は素材を収穫してくる者で、編集者が料理長だ。校正・校閲者が料理人なのである。だが、そのことをまだ世の中はあまり理解していないようにも感じる。

装丁は、矢萩多聞さんが担当してくれた。多聞さんとは会ったことがないが、彼

*

が本当に親しくする人たちと私はまた親しいという不思議なつながりがある。彼はこの本で書いた「弱い人」たちにどれほどのちからが秘められているのかをじつによく知る人でもある。

本を生むという仕事において、それが意味を持つときはいつも、「足し算」ではなく未知数の「掛け算」になる。今回は、まさにそうした結果だった。

最後に、この場を借りて、本文の執筆の機会を提供してくれた各媒体とその担当者の皆さんにも心からの感謝を伝えたい。書く場がなければ生まれない言葉は少なくない。あの日々、書く場を与えられた意味と恵みをこれからも忘れずにいたい。

二〇二〇年六月二十一日

若松　英輔

初出

天耳——「文藝春秋」二〇二〇年七月号
弱い自分——亜紀書房ウェブマガジン「あき地」二〇二〇年四月十八日
おそれと向き合う——亜紀書房ウェブマガジン「あき地」二〇二〇年四月十三日
弱さに学ぶ——「朝日新聞」二〇二〇年四月三十日付
見えないものの復興——「京都新聞」二〇二〇年三月六日付
賢者と「時」の感覚——「共同通信」二〇二〇年六月三日付
無常と情愛——「名古屋御坊」二〇二〇年四月十日付
言葉のともしび——亜紀書房ウェブマガジン「あき地」二〇二〇年四月二日
遅れてきた新学期——二〇二〇年五月、大学生宛て書簡
「弱さ」において「つながる」社会——「毎日新聞」二〇二〇年五月二十四日付
弱さの彼方にある光——敬意と愛と正義——NHKラジオ第2「宗教の時間」シリーズ・コロナ禍を生きる、二〇二〇年四月二十六日
闇を照らす言葉——NHKラジオ第2「宗教の時間」シリーズ・コロナ禍を生きる、二〇二〇年五月三日
いのちを守る——亜紀書房ウェブマガジン「あき地」二〇二〇年四月七日
いのちと経済をつなぐもの——新潟日報、二〇二〇年五月三日付
愛に渇く——「月間住職」五月号
言葉に渇く——「あけのほし」五月号
言葉の護符——亜紀書房ウェブマガジン「あき地」二〇二〇年三月二十八日
仕事——書き下ろし

若松英輔（わかまつ・えいすけ）

一九六八年新潟県生まれ。批評家、随筆家、東京工業大学リベラルアーツ研究教育院教授。慶應義塾大学文学部仏文科卒業。二〇〇七年「越知保夫とその時代 求道の文学」にて第十四回三田文学新人賞評論部門当選、二〇一六年『叡知の詩学 小林秀雄と井筒俊彦』（慶應義塾大学出版会）にて第二回西脇順三郎学術賞受賞、二〇一八年『詩集 見えない涙』（亜紀書房）にて第三十三回詩歌文学館賞詩部門受賞、『小林秀雄 美しい花』（文藝春秋）にて第十六回角川財団学芸賞、第十六回蓮如賞受賞。

著書に『イエス伝』（中央公論新社）、『魂にふれる 大震災と、生きている死者』（トランスビュー）、『生きる哲学』（文春新書）、『霊性の哲学』（角川選書）、『悲しみの秘義』（ナナロク社、文春文庫）、『内村鑑三 悲しみの使徒』（岩波新書）、『種まく人』『詩集 愛について』『常世の花 石牟礼道子』『本を読めなくなった人のための読書論』（以上、亜紀書房）、『学びのきほん 考える教室 大人のための哲学入門』『詩と出会う 詩と生きる』（以上、NHK出版）、『霧の彼方 須賀敦子』（集英社）など多数。

弱さのちから

2020 年 8 月 7 日　初版第 1 刷発行

著者　若松英輔

発行者　株式会社亜紀書房
〒101-0051 東京都千代田区神田神保町 1-32
電話 (03)5280-0261　振替 00100-9-144037
http://www.akishobo.com

装丁　矢萩多聞

DTP　コトモモ社

印刷・製本　株式会社トライ
http://www.try-sky.com

Printed in Japan

若松英輔の本

本を読めなくなった人のための読書論　一二〇〇円＋税

生きていくうえで、かけがえのないこと　一三〇〇円＋税

言葉の贈り物　一五〇〇円＋税

言葉の羅針盤　一五〇〇円＋税

種まく人　一五〇〇円＋税

常世の花　石牟礼道子　一五〇〇円＋税

詩集　見えない涙　詩歌文学館賞受賞　一八〇〇円＋税

詩集　幸福論　一八〇〇円＋税

詩集　燃える水滴　一八〇〇円＋税

いのちの巡礼者——教皇フランシスコの祈り　一三〇〇円＋税

詩集　愛について　一八〇〇円＋税